ISBN 2-203-34302-8

D'après le roman de Léo Malet, adaptation et dessin de Tardi

120, RUE DE LA GARE

casterman

Des mêmes auteurs

BROUILLARD AU PONT DE TOLBIAC
Ed. Casterman

LEO MALET

La série des "Nestor Burma"
120, RUE DE LA GARE
L'HOMME AU SANG BLEU
NESTOR BURMA CONTRE CQFD
LE CINQUIEME PROCEDE
LES PALETOTS SANS MANCHES
NESTOR BURMA ET LE MONSTRE
COLIQUES DE PLOMB
GROS PLAN DU MACCHABEE
LE SOLEIL NAIT DERRIERE LE LOUVRE
DES KILOMETRES DE LINCEULS
FIEVRE AU MARAIS
LA NUIT DE SAINT-GERMAIN-DES-PRES
LES RATS DE MONTSOURIS
M'AS-TU VU EN CADAVRE ?
CORRIDA AUX CHAMPS-ELYSEES
PAS DE BAVARDS A LA MUETTE
BROUILLARD AU PONT DE TOLBIAC
LES EAUX TROUBLES DE JAVEL
BOULEVARD... OSSEMENTS
CASSE-PIPE A LA NATION
MICMAC MOCHE AU BOUL'MICH'
DU REBECCA RUE DES ROSIERS
L'ENVAHISSANT CADAVRE DE LA PLAINE MONCEAU
NESTOR BURMA EN DIRECT
NESTOR BURMA REVIENT AU BERCAIL
NESTOR BURMA DANS L'ILE
NESTOR BURMA COURT LA POUPEE
DROLE D'EPREUVE POUR NESTOR BURMA
UN CROQUE-MORT NOMME NESTOR
Ces romans sont parus aux éditions Fleuve Noir, Laffont, Le Livre de Poche et 10/18.

TARDI

RUMEURS SUR LE ROUERGUE (scénario de Christin)
Ed. Futuropolis
LE DEMON DES GLACES
Ed. Dargaud
LA VERITABLE HISTOIRE DU SOLDAT INCONNU
Ed. Futuropolis
GRIFFU (scénario de Manchette)
Ed. Dargaud
MOUH-MOUH
Ed. Pepperland
POLONIUS (scénario de Picaret)
Ed. Futuropolis
ICI MEME (scénario de Forest)
Ed. Casterman
LE TROU D'OBUS
Imagerie Pellerin
LE COCHON ENCHANTE (Conte roumain)
Ed. Grasset
TUEUR DE CAFARDS (scénario de Legrand)
Ed. Casterman
MINE DE PLOMB
CHIURES DE GOMME
Ed. Futuropolis

ADELE ET LA BETE
LE DEMON DE LA TOUR EIFFEL
LE SAVANT FOU
MOMIES EN FOLIE
ADIEU BRINDAVOINE suivi de **LA FLEUR AU FUSIL**
LE SECRET DE LA SALAMANDRE
LE NOYE A DEUX TETES
Ed. Casterman

A mes camarades des chaudières
du Stalag XB et plus particulièrement
au docteur Robert Desmond,

Léo Malet.

A mon père,

Tardi

Septembre 1940.
STALAG XB
Kriegsgefangenen
Mannschafts Stammlager XB
Attention! Qui dépasse cette limite, sera fusillé
Stop! Who will pass this limit, will be shot

ACHTUNG!
...V'là ARTHUR!
Repos!
Aufnahme

Messieurs, je vous remercie pour l'effort que vous avez fourni hier en enregistrant un grand nombre de vos camarades.
J'espère que le travail va continuer à ce rythme, ainsi, demain, nous en aurons terminé. Pour votre peine, je vais vous faire distribuer un paquet de tabac par homme. Au travail!
Danke schön ARTHUR!
AH! AH! AH!
Les vingt suivants!
ARTHUR, le chef de la Aufnahme, ne manquait pas d'humour. Il allait nous refiler le tabac confisqué la veille lors de la fouille, aux gars que nous allions immatriculer.
Mon rôle consistait à demander à chacun des prisonniers arrivés l'avant-veille de France un wagon de renseignements, à noircir avec cela une feuille volante qui, passant par les neuf «Schreiber» de la table, aboutissait, en même temps que son titulaire, à la fiche finale sur laquelle le KGF apposait l'empreinte de son index.
Au premier de ces messieurs! ... Ton nom?
Je ne sais pas.
?

Comment... tu ne sais pas?
Non... Je ne sais pas.
Et tes papiers? ... Perdus?
Peut-être... Je ne sais pas.
As-tu des copains?
Je... Je ne sais pas.
C'est un mariolle!... ça fait plus d'un mois qu'y joue au dingue! Une combine comme une autre pour se faire réformer et libérer... J'ai été fait avec lui à Château-du-Loir. J'suis du 6ème Génie.
Lui aussi, non?
Te fie pas à ça. C'est une capote qu'on lui a donnée à Auvours..
Nous, on l'appelait LA GLOBULE... mais son vrai nom, je l'ai jamais su. Lorsque je l'ai vu pour la première fois, on était pas encore prisonniers... il avait pas de papiers sur lui, rien, même pas un journal dans sa poche... Je le répète, c'est un dur. C'est BÉBERT qui te le dit et BÉBERT, y s'y connaît!
AH! AH! AH!
Je conduisis "LA GLOBULE" au bureau du chef de la Aufnahme qui écouta attentivement mon exposé
Qu'on le mette en observation à l'hôpital. Les docteurs diront si cet homme se moque de nous!
Je remplis la fiche rose de l'homme qui ne savait plus son nom. Ce ne fut pas long. X... Krank. Amnésie. Mais il était désormais pourvu d'un état civil. A défaut de nom, il avait un matricule. Pour tous, il était le 60 202.

Le soir même...
Tiens, BÉBERT... Cause-moi un petit peu de l'amnésique.
LA GLOBULE ?... Je te le dis c'est un dur !
Tu l'as déjà dit...
Je vais t'expliquer. Nous étions une dizaine dans un petit bois. Un copain, envoyé en reconnaissance, venait de nous avertir d'avoir à faire gaffe. Les Allemands rôdaient aux alentours... C'était en juin... le 21, exactement.
Un type, la gueule ensanglantée, essayait de traverser le chemin en rampant... C'était LA GLOBULE...
Il avait tellement mal aux ripatons — il se les était roussis quelque part — qu'il ne pouvait plus s'appuyer dessus. ... Et il roulait des calots, je te dis que ça... Et il était sapé...

Il donnait l'impression d'avoir voulu échapper aux Allemands en s'habillant en civil. Je te dis : un vrai branque... ou un mec rudement fortiche.
Bref et fin finale, on a été faits comme des rats. Encadrés par les Feldgrau, nous avons été conduits vers une ferme où pas mal des nôtres étaient déjà captifs. LA GLOBULE ne pouvant mettre un pied devant l'autre, nos gardiens ont choisi les deux plus costauds parmi nous et leur ont collé le type à porter...
Et ainsi nous sommes arrivés à la ferme et plus tard au camp d'Auvours... Après s'être fait soigner les pieds qu'il avait drôlement en compote, et la blessure au visage, il est resté avec nous.
Il était doux, poli et nous racontait qu'il ne se souvenait plus de rien anté... anté... Bon Dieu, un drôle de mot...
Antérieurement ?
C'est ça... Antérieurement... Oui, il ne se souvenait plus de rien antérieurement à sa capture. Comment trouves-tu le bouillon ? Enfin... chacun sa chance...
Ce n'est pas un homme du 6e Génie ?
Non. Je te dis, la capote lui a été donnée au camp. Dans cet endroit, nous étions nombreux de ce régiment... Eh bien, pas un d'entre nous ne connaissait ce gars-là... Je le répète, c'est un dur !
Tu l'as déjà dit...

Le lendemain, alors que le toubib qui avait assumé la garde de nuit sortait de l'infirmerie...
Nestor BURMA ? ... Je me présente : Major Hubert DORCIÈRES.
?
DORCIÈRES était un excellent chirurgien, d'après ses confrères. Comme docteur et pour cette raison, de l'avis de tous, c'était un tocard.
Vous avez, il y a un peu plus d'un an, tiré ma sœur d'une situation délicate... une affaire de chantage. Vous en souvenez-vous ?
Je m'en souvenais très bien et je m'en fichais éperdument... Depuis mon arrivée au stalag, j'avais été plusieurs fois "consultant", et DORCIÈRES, qui m'avait examiné, n'avait daigné s'apercevoir que nous étions de vieilles connaissances.
Vous n'aviez pas la barbe à l'époque.
Petite fantaisie de prisonnier.
Comment se fait-il qu'un habile détective dans votre genre ne se soit pas encore évadé ?
... Je suis chômeur depuis ce matin : mon boulot à la Aufnahme est terminé et je ne tiens pas à partir en Kommando, vous ne pourriez pas me procurer un emploi au revier+ ? Je peux faire l'infirmier.
?!
Passez me voir demain.

+ infirmerie.

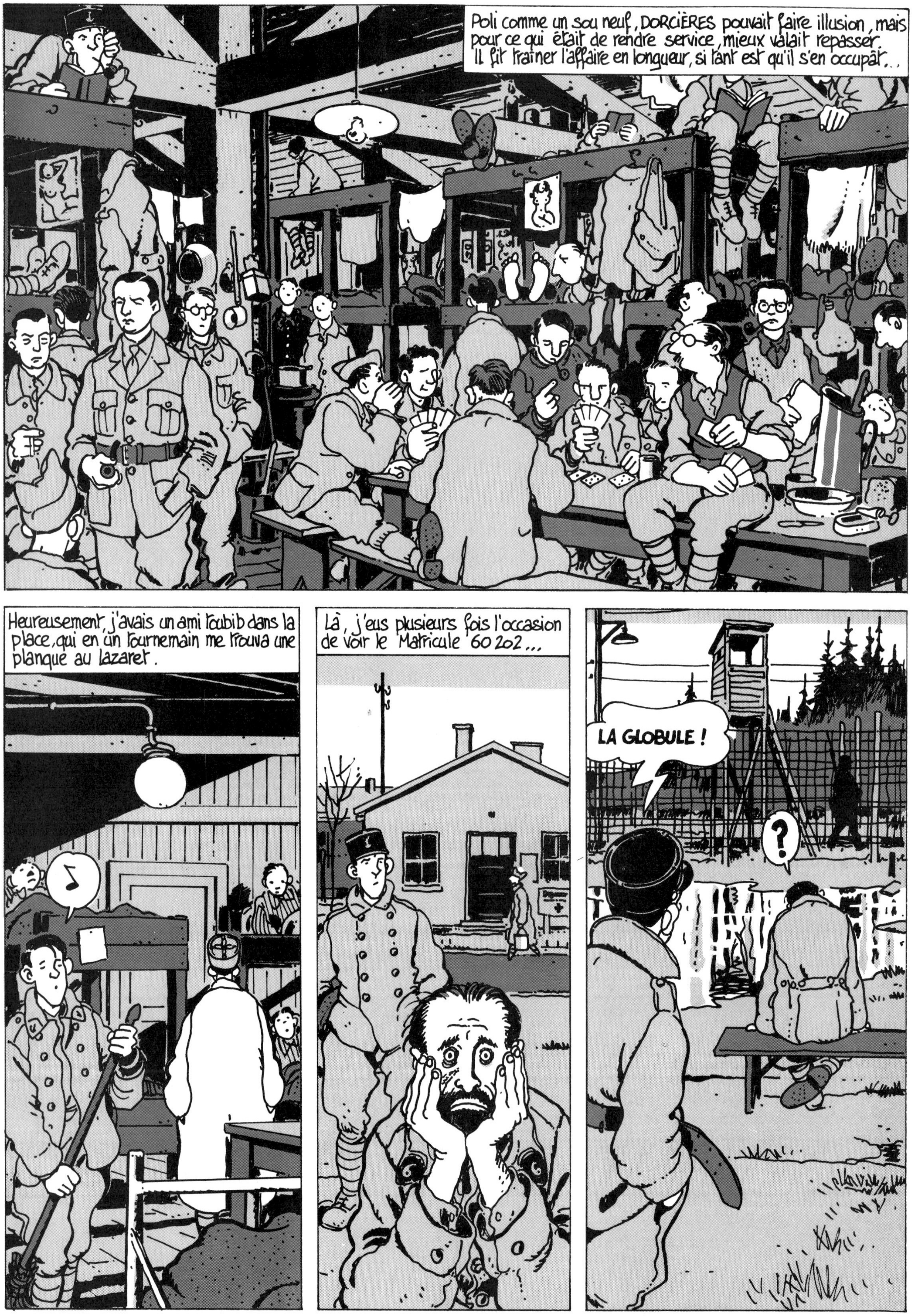
Poli comme un sou neuf, DORCIÈRES pouvait faire illusion, mais pour ce qui était de rendre service, mieux valait repasser. Il fit traîner l'affaire en longueur, si tant est qu'il s'en occupât...
Heureusement, j'avais un ami toubib dans la place, qui en un tournemain me trouva une planque au lazaret.
Là, j'eus plusieurs fois l'occasion de voir le Matricule 60 202...
LA GLOBULE !
?

Où puis-je vous avoir vu ?
Je m'appelle Nestor BURMA... Dans le civil, je suis détective privé.
Nestor BURMA ?...
Oui. Nestor BURMA. Avant la guerre, je dirigeais l'Agence Fiat Lux...
Nestor BURMA ?...
HUMPF... HUMPFF... HUMPFFF...
Non... ça ne me rappelle rien.
J'avais du mal à le prendre pour un simulateur.
BURMA ?!... Ça ne me dit rien du tout...
Les jours, les semaines, les mois passèrent. L'état du Matricule 60 202 était toujours aussi déconcertant. De l'avis de la Faculté (franco-allemande) il fut déclaré incurable. On décida qu'il ferait partie du prochain convoi en direction de la France.

Février 1941.
Le 60 202 jouait de malchance. Son numéro qui figurait sur la liste des départs, avait été omis au dernier moment par un bureaucrate négligent et l'amnésique était condamné à promener sa détresse durant de longues semaines encore.
... Il n'est pas encore retourné au pays, LA GLOBULE ? Pour un mariolle, ça la fout plutôt mal.
Tiens, voilà BÉBERT !
Quoi d'neuf ?
Ça pourrait aller mieux ! Je reviens de Kommando et j'ai manqué y laisser la pogne. Y'a plus que deux doigts à cette paluche. Enfin...
... Espérons qu'avec ça, c'est la fuite assurée... et j'aurais pas eu besoin de faire le branque comme cézigue...
KG

Novembre 1941.
Ça s'était passé un vendredi soir, alors que j'étais de service à l'hôpital...
...LA GLOBULE, terrassé par une vilaine fièvre, oscillait depuis une semaine entre la vie et la mort...
!?
BURMA!
Dites à Hélène ...120 RUE DE LA GARE:.
!?
- PARIS ?
?
Son regard s'était alors chargé d'une flamme plus vive. Sans répondre, il avait esquissé un signe affirmatif. Il était mort aussitôt après.

Pauvre vieux ! ... Et moi qui le prenais pour un chiqueur !
BÉBERT ! Qu'est-ce que tu fiches ici ?
Dysenterie... Je pars avec le prochain convoi dans deux semaines ! Y z'auront mis l'temps ! Dis donc, LA GLOBULE, je croyais que c'était un mariolle, un vrai dur, ça me la coupe ... ça alors.
Tais-toi !
Subitement je ne fus plus le Kriegsgefangene, sur lequel les barbelés pesaient au point de lui enlever toute originalité, mais Nestor BURMA, le vrai, le directeur de l'Agence Fiat Lux, Nestor BURMA détective de choc !
Dans le bureau désert du major, je m'étais procuré un tampon encreur et, revenu auprès du mort, j'avais soigneusement recueilli ses empreintes digitales.
?
T'ES DÉGUEULASSE ! TU AS TOUT D'UN FLIC !
Je songeais qu'il ne serait pas inutile de demander au prêtre chargé du service funéraire, la photo du mystérieux Matricule 60 202... histoire de compléter mon dossier.

RUE
LA GARE
SUZE
120
?
Dites à Hélène

?
HA! HA! HA!
HA! HA! HA!
?!
HEU...
HÉLÈNE ?
T'AS TOUT DU FLIC, BURMA !
LA GLOBULE
HOU

HA! HA! HA!
Ça te fait marrer ça, hein, Edouard?
Sur le coup de midi, nous avions quitté Constance et traversé la Suisse enneigée. A Zurich, on nous donna du tabac. A Neuchâtel, dernier arrêt avant la frontière, on nous offrit du chocolat, des saucisses et du café au lait, et à Bellegarde du mousseux... Enfin, vers deux heures du matin, le convoi de libérés du stalag XB ralentissait, charriant avec lui des émanations de sueur, de pieds sales et de mauvais vin.

* Zone libre, zone non-occupée.

Mate la souris, là-bas sous l'affiche ! Joli brin d' fille, hein, Nestor ?
...dis donc, j'ai l'impression de l'avoir déjà vue quelque part...
été hiver
CHAMONI
MONT-BLAN
...Je sais pas où, mais je l'ai déjà vue... c'est comme si je la connaissais !
Ça y est, j'y suis ! ... C'est une vedette de cinéma ! Tu la reconnais pas? Madeleine MORLAIN! C'est une star, je l'ai vue dans "BROUILLARD AU PONT DE L'ALMA". Ça alors... mon pote Nestor !?!
RÉSERVÉ
RÉSERVÉ aux PRISONNIERS et RAPATRIÉS
« Je vais lui demander un autographe. Elle ne peut pas refuser ça à un prisonnier... » fit Edouard qui ne doutait de rien. Il enfila le couloir et s'apprêta à descendre. Le chef de wagon l'en empêcha. Le train repartait.
PARIS

Alors, je vis déboucher sur le quai un personnage que j'aurais reconnu entre mille.
BOB... EH! BOB...
?
BURMA!
BURMA, C'EST INESPÉRÉ... DESCENDEZ, BON SANG!
DESCENDEZ... J'AI TROUVÉ QUELQUE CHOSE DE FORMIDABLE...
?!

La gare retentissait de mille bruits qui furent tous couverts par une tonitruante Marseillaise. Soudain BOB se crispa, comme sous l'effet d'une intolérable douleur...
PATRON... AAA
PATRON!!! 120 RUE DE LA GARE...
A
!
AAA
... et puis je vis BOB lâcher prise et rouler sur le quai.

VoYou!
Pousse-toi, fonctionnaire!...
VoYou!
Cette portière doit être fermée lorsque le train est en marche!!
CLAC!
!?

BOB !
Il est soûl, sapristi !

... Alors, on boit? On est soûl?... On tombe du train?... Elle est belle l'armée française!
Le gros-plan de Zurich, le mousseux de Bellegarde... C'est le beaujolais d'Edouard qui m'a achevé.
Enfin!... Quelques contusions sans gravité. Deux ou trois jours de repos, quelques massages et vous pourrez de nouveau faire l'acrobate! Ces messieurs voudraient vous parler.
Le docteur m'autorise à vous poser quelques questions. Êtes-vous en état de répondre?
?!
Mmmh...
On a descendu un type à PERRACHE, tout à l'heure... celui qui était accroché à votre portière. Inutile de vous demander si vous le connaissiez, n'est-ce pas? Nous avons trouvé sur lui sa carte de l'Agence Fiat Lux et en venant ici, j'ai appris que vous étiez Nestor BURMA, le directeur de cette Agence. C'est bien ça?
Exactement. Nous sommes presque collègues.
Mouais... Mon nom est BERNIER. Commissaire Armand BERNIER.
BOB est mort?
BOB?... Ah! oui, COLOMER? Oui. Il était farci de projectiles de 32. Que vous disait-il, à la portière?
Rien de particulier.

COLOMER était-il informé de votre passage à Lyon ?
Non, et je ne m'attendais pas à le trouver là à deux heures du matin... Quand je l'ai vu sur le quai, je l'ai appelé. Tout surpris de me revoir, il a sauté sur le marchepied. La gare était plutôt bruyante, la fanfare jouait, je n'ai pas entendu de détonation, mais j'ai bien vu que son pardessus était tout déchiré dans le dos... Pauvre BOB...
Vous avez une idée ?
Aucune ! Je ne comprends rien à cette histoire, commissaire. Je rentre de captivité et...
Bien sûr, bien sûr. Quand aviez-vous vu votre employé...
Collaborateur !
Quoi ?
Ah !... oui... si vous voulez. Quand l'avez-vous vu pour la dernière fois ?
À la déclaration de guerre, j'ai fermé l'Agence et j'ai rejoint mon unité. COLOMER a dû continuer à s'occuper de quelques petites affaires, à titre personnel. IL était réformé... quelque chose qui clochait du côté des poumons. Je suis resté en contact avec lui, une carte de temps en temps et puis, j'ai été fait prisonnier.
S'intéressait-il à la politique ?
C'est-à-dire qu'il ne s'occupait pas de politique jusqu'en septembre 39.
Mais depuis ?
Depuis, je ne sais pas. Mais ça m'étonnerait.
Robert COLOMER était-il riche ?
Ne me faites pas rigoler !
Nous avons trouvé sur lui plusieurs milliers de francs. Billets neufs pour la plupart...
Ça ne m'en dit pas plus qu'à vous.
Pourquoi avez-vous sauté du train ?
Ça m'a foutu un coup de voir mon assistant se faire buter sous mes yeux... J'ai voulu savoir de quoi il retournait. Au moment où j'allais sauter le contrôleur a fermé la portière et ma capote est restée coincée. J'ai réussi à me dégager, j'ai bien failli passer sous les roues !!...
Vous aviez remarqué quelque chose d'insolite ?
Rien du tout.
Je n'ai rien entendu et rien vu. Je ne pourrais même pas vous dire à quel endroit de la gare nous étions lorsque c'est arrivé. Le train était en marche... Impossible de vous aider à déterminer l'angle de tir...

Oh!... nous sommes déjà fixés. "Passez vos vacances à Chamonix", ça ne vous dit rien? Le tireur devait se trouver près de la fontaine située sous cette affiche. C'est un miracle que personne d'autre n'ait été atteint... Un type remarquablement adroit, si vous voulez mon avis.
Rien vu, je vous dis!
Alors, ça exclut l'hypothèse que ce soit en me visant que l'assassin ait tué COLOMER. Pas mal de types m'en veulent, mais ils n'auraient pas pu connaître à l'avance la date de ma libération. Avec BOB nous menions toujours nos enquêtes de concert... les deux faisant la paire, comme on dit. Peut-être un lascar qu'on a fait coffrer dans le temps a-t-il décidé de se venger sur COLOMER... c'est du domaine du possible.
Des noms!... Monsieur BURMA! Les noms des "lascars" les plus dangereux, ne reculant pas devant un meurtre, dont vous avez causé la perte ces dernières années.
Je suis fatigué, commissaire... Laissez-moi réfléchir.
Bien sûr, bien sûr... Je ne peux pas exiger l'impossible. Je vous remercie de l'effort que vous avez fourni.
J'ai passé un an et des poussières entre Brême et Hambourg, impossible de deviner ce que COLOMER fichait à Lyon...
Rétablissez-vous... Bonne nuit Monsieur BURMA.
Bonsoir Docteur.

A la visite du lendemain, le docteur jugea mon état satisfaisant.
Bientôt vous pourrez reprendre votre numéro ...et vous soûler à votre aise. En attendant, si vous voulez fumer, allez dehors !
J'écrivis quatre lettres et une carte interzone. Le train que j'avais abandonné devait déposer sa cargaison de libérés à Montpellier, Sète, Béziers et Castelnaudary. Ma correspondance était adressée à Edouard aux hôpitaux militaires de chacune de ces villes. Je le priais de m'expédier le plus rapidement possible la valise que j'avais laissée dans le filet de notre compartiment.
La carte interzone était pour ma concierge. Je fis poster le tout par une des sœurs du service.
C'est le journal du jour ? Fais voir ça !...
?

TRAGÉDIE EN GARE DE PERRACHE
Cette nuit, alors qu'un train de rapatriés sanitaires en provenance d'Allemagne quittait notre gare, pour se diriger vers le Midi où nos compatriotes vont se remettre des privations de la captivité, un sieur Robert Colomer, 35 ans, Parisien replié demeurant à Lyon, 40, rue de la Monnaie, a été abattu à coups de revolver, alors qu'il était en conversation avec un ex-prisonnier.
La victime, que l'on devait identifier par la suite comme un agent de la firme de police privée Fiat Lux, du célèbre Dynamite Burma, est morte sur le coup.
L'examen du contenu de ses poches n'a fourni aucun indice susceptible d'aiguiller les investigations sur une piste quelconque.
Une rafle, organisée immédiatement par les forces de police présentes sur les lieux, n'a donné qu'un résultat décevant : l'arrestation d'un agitateur politique, bien connu des services spéciaux et qui fera l'objet de poursuites pour infraction à un arrêté de résidence forcée. Cet individu était dépourvu d'arme.
Par ailleurs, aucun revolver n'a été découvert ni sur le théâtre du crime ni aux alentours de la gare.
G. D.
BONNE DIGESTION
SEL DE FRUIT ENO
SEL DE FRUIT
LAB. ... CANAT · COURBEVOIE · SEINE
INTESTIN LIBRE · FOIE SOULAGÉ
« Dans l'ordre nouveau que nous instituons la famille sera honorée, protégée, aidée... »
Maréchal PÉTAIN
LES AVENT
— Dans un tel cas il faut mettre tous les atouts dans son jeu...
Alors, Monsieur BURMA, vous plaisez-vous dans notre bonne ville de Lyon ?
Tiens... Commissaire BERNIER !
LE PROGRÈS
J'ai des photos à vous montrer
C'est bien COLOMER... pas de doutes à avoir, Commissaire. Pauvre BOB.
Avez-vous réfléchi aux "lascars" que vous avez fait coffrer ces derniers temps ? Donnez-moi des noms, Monsieur BURMA.
Jean FIGARET, Joseph VILLEBRUN et Désiré MAILLOCHE... c'étaient des coriaces, BOB et moi avons largement contribué à les envoyer en cabane. Sauf erreur, VILLEBRUN, le pilleur de banques, doit être sorti de la Centrale de Nîmes en octobre dernier.
Je vous remercie.
Commissaire, j'ai lu le journal et j'ai constaté avec plaisir que je n'avais pas la vedette, j'imagine que c'est dû à la rapidité du bouclage, mais j'espère que ça va continuer. J'aspire au repos.
Si ça ne dépendait que de moi, vous seriez absolument ignoré. Au revoir, Monsieur BURMA.

c'était... les poulets?
OUI C'EST LES POULETS ! J'AI BUTÉ UN HUISSIER ET J'AI MAL AU CRÂNE... ET J'AI DES TAS D'EMMERDEMENTS !
L'avis général fut que, sur certains, la captivité avait un drôle d'effet. J'y gagnai une tranquillité complète...
La sœur de service distribua les journaux du soir. J'appris deux choses. La première : LE CRÉPUSCULE s'était replié à Lyon, Marc COVET, mon ami journaliste, avait suivi son canard ; sa signature s'étalait au bas d'un article vaseux, bien dans sa manière.
La deuxième : On avait perquisitionné sans résultat au domicile de COLOMER.
LE CRÉPUSCULE
Je gardai le lit deux jours. Le troisième, étant d'aplomb, on m'expédia dans une autre partie de l'hôpital, où, dans la plus complète indiscipline, quelques libérés plus ou moins amochés attendaient le départ pour leurs foyers respectifs.
Lucien, je m'emmerde !!... je vais aller dire un petit bonjour à ma nourrice... Elle est lyonnaise.
J'm'en fous !
J'obtins sans difficulté l'autorisation d'aller traîner mes godillots en ville.

HOPITAL GENERAL
Je n'avais nul besoin de me familiariser avec la ville, la connaissant amplement pour y avoir, à vingt, vingt-deux ans traîné la savate et la dèche.
Putain de brouillard! ...Putain de ville!
Qu'est-ce que COLOMER pouvait bien foutre à Lyon?
FRANÇAIS
Le Chef de l'Etat vous parle
LYONNAIS
TRAVAIL FAMILLE PATRIE
VIVE PÉTAIN
COLOMER?... IL était farci de projectiles de 32...

Place Bellecour, j'en profitai pour reporter mes pensées sur Madeleine MORLAIN... Pas la vraie, l'autre, la fausse... celle de la gare ... celle qui serrait un automatique noir dans sa main blanche, lorsque COLOMER s'était écroulé... Etait-ce un calibre 32 ?
?
Au hasard, je revins sur mes pas, remontant la rue de la République...
Je me souvins d'un petit bistrot situé dans le coin, d'où j'avais été chassé jadis, parcequ'il me manquait les quelques francs du porto-flip que j'avais avalé. Je me mis à sa recherche...
PASSAGE DE L'ARGUE

Eh ben dis donc! ... le voilà, mon petit rade. Ça n'a pas bougé d'un poil... ils n'ont même pas repeint la façade!
!
J'aperçus Marc COVET lui-même, le journaliste au style vaseux, Marc COVET, mon copain du CREPUSCULE, installé devant un blanc-sec et plongé dans la lecture de son quotidien préféré. J'avais une veine inquiétante!!!
Tiens!?
LE CRÉPUSCULE
Salut pigiste!
BURMA! Qu'est-ce que vous fichez à Lyon? Abandon de poste devant l'ennemi! Attention!... c'est le peloton!... Quelle armée! Vous prendrez bien quelque chose pour fêter cette historique déculottée?
Un jus d'ananas!!!... On dirait que la mort de COLOMER vous en a foutu un sacré coup...
C'est à moi qu'il causait quand on l'a descendu.
Et c'est vous qui...
Oui c'est encore moi. Je répétais un numéro de descente de train en marche... mais gardez ça pour vous.

Vous avez vu COLOMER, ces derniers temps?
De temps à autre.
De quoi s'occupait-il?
Je n'en sais rien. Il n'avait pas l'air riche.
Il vous a tapé?
Non. Mais il demeurait...
...rue de la Monnaie je sais. C'est pas un quartier très reluisant, mais ça veut rien dire. Continuait-il son boulot de détective?
Je vous dis que je n'en sais rien. Nous nous connaissions peu et en six mois, nous nous sommes peut-être vus quatre ou cinq fois en tout.
Ouais... Dites-moi COVET, je voudrais vous emprunter un costume. J'en ai plein le dos du kaki.
C'est dommage, ça vous va si bien!
Vous ne pouvez me fournir aucun renseignement sur les fréquentations de COLOMER?
Aucun. Je l'ai toujours vu seul.
Pas de femme?
De...?? Tiens, c'est marrant. Non, pas de femme. Mais, à propos de femme, vous le connaissiez mieux que moi. Il n'était pas un peu timbré?
JOUETS CHARBONNEL
GASQUET

Qu'est-ce qui vous fait supposer ça ?
Il est venu me trouver au journal, il y a peu. Il voulait que je lui fournisse la liste plus ou moins complète des écrivains qui se sont intéressés au marquis de SADE, une bibliographie, une biographie et encore un tas d'autres trucs. J'ai demandé le tuyau au critique littéraire du canard, j'ai fourgué le tout à COLOMER qui m'a dit effectuer des recherches à la bibliothèque...
COLOMER faisant des recherches sur le Divin Marquis, ça m'a fait rigoler...
Sacré Bob !...
D'ailleurs le critique du CREPU m'a dit qu'il ne trouverait pas les oeuvres de SADE à la bibliothèque, qui est dépourvue d'Enfer, mais qu'il pouvait consulter avec profit trois ou quatre bouquins qu'il me désigna.
Vous souvenez-vous des titres de ces bouquins ?
Non...
Ecoutez COVET, faites un effort... à la fin de tout ça il y aura le prix PULITZER pour vous... Mais il faut m'aider. Et les titres et noms d'auteurs de ces bouquins peuvent m'être utiles...
Bon... bon, je vais me renseigner.
Vous vous souvenez d'Hélène CHATELAIN ?
Votre dactylo-secrétaire-collaboratrice-agente, etc ?

Après votre départ aux armées, je lui ai procuré une place à "Lectour", les concurrents de l'Argus.
J'étais au courant, mais depuis?
Elle y est toujours. L'exode les a menés jusqu'à Marseille, mais ils sont retournés à Paris.
SOIERIES
Vous n'avez jamais vu Hélène par ici?
Jamais. Pourquoi?
?
Regardez cette affiche!
BROUILLARD AU PONT DE L'ALMA
Madeleine MORLAIN
Madeleine MORLAIN! Belle fille, hein! Qu'est-elle devenue, dans cette tourmente?
Hollywood, dès le début de la guerre.
Elle a bien fait!

C'est ici..
Dites donc, COVET, mais c'est coquet chez vous.
?
Merci pour le costard ... vous ne refuserez pas un pardoque à un pauvre vaincu... avec ce froid ?
Ça sera tout ? Vous voulez mon rasoir ? ... ma brosse à dent ? ... mes cartes d'alimentation ? ... que je cire vos pompes ?
Dites donc, COVET, le chevron, c'est une passion ou quoi ?... Je laisse mon uniforme chez vous, ça ne vous dérange pas ?
Vous n'auriez pas une écharpe ? quelque chose de chaud, de la laine des Pyrénées, par exemple ... avec ce putain de brouillard et ma pauvre gorge.
Ça ira ?
Noire ? Vous croyez ?
A ce soir, au tabac du passage. Ayez-moi le tuyau sur les lectures de COLOMER.
OUAIS !

!?
Je prends celle-ci. Vous avez une paire de ciseaux ?
MADELEINE MORLAIN
UN!...
DELEINE MORLAIN
DEUX!...
TROIS!..
LIVRES NEUFS
LIVRES ANCIENS
?
ciné STARS
Je décidai de faire un tour rue de la Monnaie... plus précisément au numéro 40, au domicile de COLOMER... Bob, effectuant à la bibliothèque des recherches sur le marquis de SADE, j'avais du mal à gober cette histoire...

HOTEL
Sacré Bob!
HOTEL
40
HOTEL
M. COLOMER logeait ici, n'est-ce pas ?... Nous sommes parents, j'arrive à Lyon pour le voir et j'apprends...
Le pauvre Monsieur!
J'éprouvais beaucoup de chagrin, suite à la mort brusque et inexplicable de ce cousin éloigné. La guerre nous avait séparés, j'arrivais juste à Lyon quand... etc... un boniment cousu-main, ponctué de reniflements aux bons endroits. L'hôtelier se lança dans un panégyrique du défunt... un jeune homme aimable, propre et correct, qui payait régulièrement.
Sa soeur est venue le voir dernièrement, hein ? Non ?
Sa soeur ? ... j'crois pas!
...un détective ? Peut-être, puisque les journaux l'ont écrit. En tout cas, il n'en avait pas l'air... après tout, ça fait partie du métier. Ah! ah! ah!
Et sa fiancée ?... Vous l'avez vue récemment ?
Sa fiancée ? ... Jamais!... Bigre, c'est une belle fille!
Je vous crois. Pauvre Bob!
HOTEL
Je posai encore quelques questions dénuées d'intérêt. Je n'appris rien d'important... Depuis l'événement, aucun courrier n'était arrivé, COLOMER recevait peu de correspondance... une carte interzone par-ci, par-là, de ses parents.

A 16H, je traversai la Saône...
Mon intention était de me rendre au Palais de Justice, voir si le commissaire BERNIER était là...
Il était justement là...
...Tiens donc, BURMA! Vous voilà sur pied ?... Vous êtes rupin ! Je vous serre mollement la main, je ne voudrais pas vous disloquer.
Je suis complètement remis, commissaire. Où en êtes-vous de l'affaire ?
Je puis être franc avec vous, hein ?
Vous en doutez ?
... Eh bien ! on nage !...
Entrez-donc dans mon bureau.

BERNIER m'avança une chaise boiteuse (celle qui devait servir pour les interrogatoires difficiles)...
Votre collaborateur était diablement secret. Nous n'avons pas découvert grand-chose sur son compte. Quant à VILLEBRUN, le pilleur de banques, il est bien sorti de Nîmes, à peu près à la date que vous avez indiquée, mais on a perdu sa trace... Toutefois on a repéré ici à Lyon la présence d'un de ses anciens complices. Mais ce n'est pas lui qui a descendu COLOMER. IL a un alibi.
Oh!... les alibis...
9
Quelques heures avant le crime, il a été arrêté en flagrant délit de vol à la tire. Nous l'avons interrogé. IL prétend n'avoir plus entendu parler de son chef depuis sa condamnation. On vérifie.
9
DECEMBRE
Au fait, nous savons ce que COLOMER allait faire à la gare, lorsqu'il lui est arrivé malheur. IL s'apprêtait à filer en zone occupée!
A FILER?!
C'est le mot! Tout nous prouve que son voyage était précipité. La peur peut-être? IL n'avait pas informé son logeur de son départ, il n'avait pas de bagages... Vous ne lui avez pas vu de valises?
Non, en effet.
Donc, pas de bagages, COLOMER était dépourvu de laissez-passer et son portefeuille était bien garni. Neuf mille francs, exactement... Les problèmes de logement dûs à l'afflux des "repliés", avaient contraint COLOMER à élire domicile dans un hôtel de troisième ordre, dans une rue mal fréquentée... Aussi avait-il déposé son fric dans le coffre d'une personnalité qui, dès qu'elle a eu connaissance du drame, s'est fait connaître.
1941
MARDI
9
DECEMBRE
Une personnalité?
IL s'agit de Maître MONTBRISON.
MONTBRISON?... Julien MONTBRISON, l'avocat?... IL est à Lyon?...
... IL est à Lyon depuis plusieurs années. Vous le connaissez?
Je le connais un peu. Donnez-moi son adresse, je ferai un saut chez lui. J'espère qu'il a toujours une bonne cave!
... 26, quai Alfred-Jarry.

... ET, qu'est-ce qu'il vous a raconté, l'avocat ?
...que vous êtes curieux, M. BURMA !...
1941
9

Maître MONTBRISON nous a appris que COLOMER était venu le voir, la nuit où il devait se faire assassiner, et qu'il avait retiré son argent à onze heures... Drôle d'heure pour retirer des fonds, ce qui prouve sa hâte et son besoin immédiat d'argent. MONTBRISON était à une soirée. COLOMER a cherché l'avocat dans tous les endroits où il était susceptible de le trouver _ nous nous en sommes assurés... Tous les endroits sauf le bon !... De guerre lasse, il est revenu chez l'avocat, qui l'a trouvé dans un fauteuil du salon en rentrant chez lui vers onze heures.
9
DECEMBRE
D'après MONTBRISON, COLOMER avait l'air très agité... il réclamait son dépôt, sans aucune explication. IL n'a pas parlé de voyage, rien N'empêche qu'il avait bien l'intention de quitter Lyon, je dirais même, vu son comportement, de fuir cette ville...
Quoi de plus naturel !
Un danger dont il n'avait eu connaissance que tard dans l'après-midi, le menaçait - sa première visite chez l'avocat se situe vers sept heures.
...Non seulement, fuir cette ville...
Quoi de plus naturel !
...mais fuir cette zone. C'est pour ça qu'il voulait son pognon, pour financer le passage en fraude de la ligne, et il faut pas mal de fric pour ça. Nous avons découvert dans la doublure de son pardessus deux billets "aller" pour St Deniaud, un patelin non loin de Paray-le-Monial, on a surnommé ce bled "la passoire"... Inutile de vous expliquer pourquoi.
Deux billets ?

Les deux billets, dont l'un seulement est poinçonné, ont été achetés à quelques minutes d'intervalle. COLOMER devait ignorer que sa poche était trouée... il a dû glisser le premier billet dans sa poche et une fois arrivé à l'accès aux quais, pensant l'avoir perdu, il est retourné au guichet s'en procurer un second, qu'il ne lâcha des doigts qu'après le poinçonnage, pour le mettre dans la même poche, où il est allé rejoindre le premier... dans la doublure de son pardessus. C'est la seule explication...
Vous pensez peut-être qu'il avait un compagnon de voyage... et que c'est ce dernier qui a fait le coup?
Si BOB avait aussi peur que vous le dites, il n'aurait pas projeté de se tirer avec la cause de sa terreur... En tout cas, il n'aurait pas poussé la connerie jusqu'à payer la place de son assassin...
A 18H, je quittai le Palais de Justice.
Avant de quitter le commissaire, je lui fis part de ma visite à l'hôtel de COLOMER, rue de la Monnaie... « J'aurais pu vous cacher cette démarche, si je n'étais à peu près sûr que l'hôtelier vous en informerait. Je n'ai rien découvert, le patron m'a donné l'impression de ne pas savoir grand-chose... »
« Mieux vaut ne pas se faire de cachotteries entre nous, M. BURMA, je vous remercie de votre franchise. »
... Je fus pris d'une douce envie de rigoler...

Résumons : COLOMER avait déposé son fric chez l'avocat MONTBRISON et l'avait retiré quelques heures avant de se faire buter... Le commissaire était certain, vu la destination des billets, que BOB voulait passer en fraude la ligne de démarcation...
MONTBRISON avait trouvé COLOMER "très agité"... nerveux. ... le flic pensait qu'un danger menaçait BOB et que la "peur" le poussait à gagner précipitamment Paris... Je ne l'avais vu que quelques secondes à la gare, il était surexcité, mais ne me semblait pas effrayé le moins du monde... et lorsqu'il fut atteint mortellement, sa tronche n'exprimait que de l'étonnement. ... IL ne s'attendait pas à ce coup-là.
PATRON!!! 120 RUE DE LA GARE..
A 18H20, après avoir demandé mon chemin à un autochtone heurté dans le brouillard, je retraversai la Saône.
Quoi qu'il en fût, le but du voyage était le 120, rue de la Gare; une adresse que déjà, dans des circonstances dramatiques, un homme m'avait murmurée... Quel rapport existait-il entre COLOMER et l'amnésique du stalag ?
Dites à Hélène 120 RUE DE LA GARE..
!?
COLOMER avait acheté deux billets. Pourquoi ?... Vraisemblablement parce que la personne qui devait l'accompagner se trouvait déjà dans la gare, venant d'ailleurs... Quelle était cette personne ? La fille au trench-coat ? L'assassin ?... Si j'en croyais mes yeux, l'assassin et la jeune fille ne faisaient qu'une seule et même personne.

Le commissaire BERNIER me montra le contenu des poches de BoB, au cas où... IL y avait ses pièces d'identité, ses titres de rationnement, sa carte de l'Agence, les deux billets de chemin de fer dont un seul était perforé, un tas de paperasses sans intérêt et quelques cartes interzones provenant toutes de ses parents...
FRANCE
PRIX DE VENTE 0,90
CARTE POSTALE
EXPÉDITEUR
DESTINATAIRE
Châtillon le 15 Novembre 1941
en bonne santé
légèrement
prisonnier.
bien.
de
travaille à
le
signature
Affectueuses pensées. Baisers.
Dans tout ça, pas la moindre allusion au 120, rue de la Gare...
Ainsi les parents de Bob n'avaient pas abandonné la banlieue parisienne... son père avait même trouvé du travail à la société anonyme de distribution des eaux. Je relevai leur adresse. Villa les iris 18, rue Raoul-Ubac, Châtillon me promettant de leur faire une visite de condoléances dès mon retour à Paris. Les flics avaient aussi trouvé chez COLOMER des coupures de journaux ...une dizaine.
Tous ces feuillets jaunis avaient trait à Georges PARRY, l'international, le célèbre voleur de perles... Georges PARRY. dit Jo TOUR EIFFEL.
PARRY, amateur de rébus, devinettes, mots croisés, calembours, jeux de mots et autres amusettes enfantines, apposait en guise de signature une Tour Eiffel au bas de ses lettres. En 1937, je lui avais tendu un traquenard dans lequel il était tombé, mais cet élégant et cultivé gangster, spécialisé dans le vol des perles et le cambriolage des bijouteries, n'avait pas moisi en prison.
Quel besoin avait eu COLOMER de se documenter sur ces vieilles affaires ?
Arrestation du célèbre
dit Jo Tour Eiffel
de bijoux
ngster
Parry
ES PARRY
N PRISON

A 19H 05, je traversai le Rhône.
A un système de vol remarquable, Jo TOUR EIFFEL ajoutait la faculté particulière de passer au travers des murs. Que ce soit en France ou à l'étranger, partout, il s'était semblablement évadé. Il était mort en Angleterre au début de 1938. Son corps, à demi mangé par les crabes, fut découvert sur une plage de Cornouailles où, sous un faux nom et entre deux pirateries, il s'octroyait des vacances.
Jo TOUR EIFFEL s'était noyé en se baignant. Les bijoutiers et les flics du monde entier purent enfin respirer...
C'était du passé. Pourquoi est-ce que COLOMER collectionnait ces vieilles coupures de presse concernant Georges PARRY dit Jo TOUR EIFFEL, bouffé par les crabes, il y a trois ans déjà ?
26

En tout cas, c'est pas JO TOUR EIFFEL qui a descendu COLOMER!
Hé! Hé! Hé!... sait-on jamais? Dans une ville à spirites, théosophes et autres marchands de calembredaines comme Lyon, l'intervention d'un fantôme serait-elle si extraordinaire?
A 19 H 15, je sonnai à la porte de Maître MONTBRISON.
Un larbin taciturne me conduisit au bureau de l'avocat...
MONTBRISON ne paraissait pas souffrir outre mesure des restrictions, il était tel que je l'avais connu à Paris plusieurs années auparavant.
Maître.
BURMA!
Quelle bonne surprise! Asseyez-vous donc. BURMA, que faites-vous dans nos murs?

Maître Julien MONTBRISON était un avocat de talent, adroit et rusé, d'une éloquence cynique et de plus un agréable compagnon... Nous parlâmes de la captivité. Après avoir sacrifié au goût du jour et émis de désespérants lieux communs, j'en vins à ce qui m'intéressait : COLOMER.
J'ignorais que vous ayez été témoin de son assassinat ! Comme retour à la vie civile, c'est plutôt moche. Dites-moi, le brillant détective a-t-il une idée ?
Aucune. Je reviens de trop loin.
Mais asseyez-vous donc BURMA.
La police s'imagine que mon assistant a été victime d'une vengeance... politique ou autre.. Et votre déposition confirmerait ce point de vue.
Ah ! Vous êtes au courant ?
Plus ou moins. Je sais qu'il est venu ici quelques heures avant de se faire descendre, pour retirer de l'argent qu'il vous avait confié. Huit ou neuf mille francs m'a-t-on dit... c'est une grosse somme pour COLOMER qui n'était pas économe ! D'où provenait cet argent ?
En effet, il m'avait confié cet argent... mais j'en ignore la provenance. Prenez une cigarette. Ce sont des Philip Morris, rarissimes par les temps qui courent. J'en ai une petite réserve.
Merci, je préfère ma pipe.
... Revenons à COLOMER. Je l'ai trouvé, en rentrant ici, dans le fauteuil où vous êtes assis. IL m'attendait. Mon valet ignorait où je dînais... sachant toutefois que je serais de retour vers onze heures, il lui avait permis de m'attendre. Son attitude était assez inquiétante... Avez-vous déjà vu des êtres en proie à une peur abjecte, BURMA ?
Oui
Moi aussi. Les condamnés, par exemple, le dernier matin. Eh bien, toutes proportions gardées, COLOMER donnait de pareils signes de terreur. Au point que je lui ai demandé s'il n'était pas souffrant et que...

Quelque chose que j'ai caché au commissaire et que je peux vous confier... J'ai cru qu'il avait besoin de tout son avoir pour acheter de la drogue.
!?
Neuf mille francs de drogue ! ... c'est invraisemblable !... Et puis ça ne tient pas debout. COLOMER ne s'adonnait à aucun stupéfiant.
Je ne suis pas médecin ! Ne prenez pas la mouche BURMA. Vous me rappelez par trop COLOMER. Lui aussi s'emporta dès que je fis allusion à la drogue et nous échangeâmes d'assez vives paroles... je les regrette maintenant... bref, piqué au vif, je lui rendis des comptes, sans plus m'inquiéter de lui. IL m'a laissé une étrange impression de peur et de désarroi. Pauvre bougre... Je ne croyais pas apprendre sa mort par les journaux, le surlendemain.
Evidemment, mon idée sur la drogue était erronée. Alors, quelle hypothèse nous reste-t-il devant sa conduite étrange de cette nuit-là, son besoin d'argent pour fuir et sa terreur manifeste ? La crainte d'une vengeance ? Professionnelle, politique ou passionnelle ? Nous pouvons écarter d'emblée le drame passionnel, je ne lui connaissais aucune liaison... à ce point dangereuse. Quant à la politique, ce n'est pas ça qui empêchait COLOMER de dormir. Vengeance professionnelle, alors ?
C'est ce que n'est pas loin de croire le commissaire BERNIER. IL a déjà découvert un ex-complice d'un coriace pilleur de banques que Bob et moi avions fait condamner. Je me demande ce que vaut cette piste.
Ce gangster est-il si dangereux ?
Ce n'est pas un enfant de chœur. Mais de là à terroriser un type comme COLOMER... Franchement, MONTBRISON, COLOMER vous a-t-il donné l'impression d'avoir une frousse bleue ?

Une frousse bleue... peut-être pas. D'ailleurs, je suis amblyope... Mais croyez-moi, qu'elle qu'en fût la couleur, elle était bien réelle. Mais vous-même, à la gare, n'avez-vous rien remarqué de particulier ? Que vous a-t-il dit?
Rien. Il n'a pas eu le temps. Le train démarrait. Il a sauté sur le marchepied. Il s'est écroulé aussitôt.
Rien, chez lui n'exprimait la crainte ?
Rien !
...Alors, excusez-moi, je reviens à mon idée de toxique. Supposons que COLOMER, pour une raison ou pour une autre, ait besoin de quitter rapidement Lyon. Il me rend visite pour récupérer son argent. Son extraordinaire état de nervosité, son trouble, que je prends pour de la frayeur, peuvent n'avoir aucun rapport avec ce voyage, mais être simplement la conséquence d'un manque prolongé de drogue. Sorti de chez moi, il s'en procure et l'absorbe. Lorsque, trois heures plus tard, vous le rencontrez à Perrache, il est frais et dispos. Que pensez-vous de ce raisonnement?
Ça se tient... à une objection près. J'ai quitté COLOMER au début de la guerre. Il ne se droguait pas. Il se peut qu'il ait changé depuis... je n'en sais rien... Mais vous, vous l'avez fréquenté récemment. Avait-il l'aspect d'un toxicomane ?
Je ne suis pas médecin. Il n'y aura que le résultat de l'autopsie pour nous éclairer. Le connaissez-vous?
Non. BERNIER ne m'a pas soufflé mot du rapport du médecin légiste... soit il n'y avait rien à m'en dire, soit il y en avait trop... Ce flic et la franchise, ça fait deux... On cause, on cause et ça donne soif. Si je me souviens bien, dans le temps, vous aviez une bonne cave...
Sacré BURMA ! Voilà la question la plus importante que vous vouliez me poser, hein, vieux renard ? Hélas ! Croyez-vous que je l'aurais attendue pour aligner les verres ? Je n'ai plus rien. J'ai négligé de prendre autant de précautions pour mes spiritueux que pour mon tabac favori.

Mais qu'à cela ne tienne. Je n'ai rien de spécial à faire ici. Je vous invite à boire un ersatz dans un café chauffé par les consommateurs.
Je ne pourrai vous accorder que peu de temps. J'ai rendez-vous avec un journaliste dans un bistrot passage de..? j'ai oublié le nom, c'est place de la République.
Y a-t-il indiscrétion à vous accompagner?
Non, si vous voulez bien oublier que je m'appelle Nestor BURMA.
AH! AH!
Allons-y
Avant de partir, le larbin lui remit une convocation que venait d'apporter un agent cycliste.
Au fait, le commissaire BERNIER vous a-t-il parlé d'Antoine CHEVRY et d'Edmond LOLHÉ ?
Qu'est-ce que c'est que ces deux-là ?
Oh! Rien de très important... ils sont quand même mentionnés dans ma déposition... Vous savez mieux que moi combien COLOMER était réservé. Je crois qu'à part moi, il ne fréquentait personne d'autre. Sauf ces deux jeunes gens...
... que je lui avais présentés comme aides éventuels au moment où il avait l'intention de monter une agence de renseignements. L'argent déposé chez moi était destiné à financer cette entreprise... qui est restée à l'état de projet.
Ah bon?!

Rappelez-moi les noms des deux "associés" de COLOMER ?
Antoine CHEVRY et Edmond LOLHÉ, mais j'ignore leurs adresses...
LION NOIR
LOLHÉ est parti au Maroc j'ai reçu de lui une carte expédiée de Marseille et CHEVRY est retourné chez ses parents quelque part sur la Côte... Ils connaissaient COLOMER par mon intermédiaire... autant dire qu'ils en savent encore moins que moi.
BERNIER doit les faire rechercher, ça fait partie de la routine... S'il leur met la main dessus, ils ne pourront lui fournir que des renseignements sans importance.
TABAC CARNOT
Nous voilà arrivés.
COVET m'attendait dans la tiédeur du bar, sirotant en silence un apéritif synthétique.
Avez-vous les renseignements ?
Non... mais goûtez-moi ça, c'est **dégueulasse** !
Maître MONTBRISON du Barreau de Paris... Marc COVET du CREPUSCULE.
Ravi de vous connaître.
Enchanté, Maître.

Nous avons bu trois apéritifs (chacun sa tournée) avant de décider d'aller dîner ensemble dans un restaurant que connaissait COVET.
Comment se fait-il que vous n'ayez pas mon tuyau ?
Le critique littéraire s'est absenté. IL a une copine de l'autre côté de la ligne, et comme il a un laissez-passer permanent... IL sera là demain. C'est pas à un jour près ?
Non, ça ira.
Le restaurant était peuplé de journalistes parisiens repliés et de journalistes locaux. Certains saluèrent l'avocat, mais personne ne reconnut en moi le directeur de l'Agence Fiat Lux...
COVET, votre critique bénéficie d'un laissez-passer permanent n'est-ce pas ?... Et vous ?
Non... et j'imagine que vous m'auriez demandé un nouveau service ?
Exactement. J'ai un message urgent à faire parvenir à Paris. Les cartes interzones mettent des siècles. Si vous aviez pu passer la ligne cette nuit, vous auriez envoyé ma lettre du premier bled venu.
Et vous, MONTBRISON ? Pas de messager, parmi vos relations ?
Non, malheureusement.

Je dois aller à Paris dans quelques jours. A cet effet, j'ai sollicité un laissez-passer. Tout à l'heure, un agent cycliste m'a apporté une convocation du commissariat.
J'obtiendrai cette pièce, mais trop tard pour vous proposer mes services.
Merci quand même.
J'ai mieux que ça. Voyez ce type, il bosse au journal... et il part cette nuit pour Paris, il y sera à sept heures demain matin
EH! Arthur, viens ici, que je te présente un vieux copain!
?
Le journaliste avait terminé son repas. Il vint à notre table.
Qu'est-ce que vous offrez?
Assieds-toi, Arthur.
Une fois les présentations faites, je le mis au courant de ce que j'attendais de lui. Il accepta sa mission. Sur un morceau de nappe en papier, j'adressai des considérations originales sur la pluie et le beau temps à Florimond FAROUX, mon informateur à la P.J., un flic que j'avais tiré jadis d'une situation délicate et qui m'en était reconnaissant.
Voilà c'est fait.
C'est pas très compromettant.
...En plus, c'est pour un flic. Envoyez par pneu.
D'accord. Si le train déraille pas, ça sera chez votre poulet demain matin... Qu'est-ce que vous offrez?
Traduites en clair, mes gloses météorologiques signifiaient qu'une surveillance du 120, rue de la Gare, et un rapport sur ses habitants, m'aideraient beaucoup. FAROUX était prié de faire parvenir la réponse à Marc COVET, rédacteur au CREPUSCULE, quotidien parisien replié à Lyon.

Deux tabliers de sapeur, le feuilleté au roquefort, c'est pour qui ?
C'est pour moi. Remettez-nous une bouteille... du même s'il vous plaît.
Arthur avait vidé son verre et fini celui de COVET. Nous avons commandé une autre bouteille et puis une autre... une autre encore.
En fin de repas, nous étions tous très gais et Arthur BERGER nous narrait d'une voix épaisse les plus réussis de ses exploits journalistiques.
Ce type est complètement bourré. Ma bafouille est foutue. IL va rater son train, ça c'est sûr, et s'il ne le loupe pas, il va oublier ma lettre dans ses fouilles... Merci, COVET, pour tes potes! Bravo pour tes combines à la con!
LA P'TITE SOEUR, S'IL VOUS PLAÎT!
Il avait une curieuse façon de dévisager MONTBRISON. Depuis qu'il s'était assis à notre table il ne l'avait pas quitté du regard.
?
Vous savez, je suis un type extraordinaire! ...ouais... et je vais vous le prouver tout de suite.
Comment va votre blessure? HA! HA! HA!... ...Ça vous la coupe, hein?
Ma... ma blessure?

Oui votre blessure à la main gauche... LA FERTÉ-COMBETTES, ...Juin 40.
C'est exact!
Une balle perdue m'avait traversé la main. Regardez : plus aucune trace. Dites donc Arthur, Quelle mémoire!
J'vous le dis : je suis un type extraordinaire!... J'étais correspondant de guerre à l'époque et ça chauffait dans ce patelin pourri! La débandade... Notre armée en déroute. HA!HA!HA!
HA! HA! HA!
Je proposai d'arroser cette rencontre. Cet incident m'avait rassuré. Un type doué d'une telle mémoire ne pouvait pas me jouer le tour d'oublier ce dont je l'avais chargé.
Vous étiez déjà en civil. Vous n'avez pas été long à trouver des fringues pour éviter d'être fait prisonnier par les fritz... Bravo pour la rapidité Maître! Moi, j'en ai trouvé que le lendemain du jour où je vous ai vu, et pourtant j'suis pas maladroit pour la démerde..
UNE AUTRE!
AH!AH! AH!
A 22H30, M. Arthur BERGER nous quitta. Il était ivre, mais ne perdait pas le nord.
N'oubliez pas mon pneu!
Votre poulet aura sa lettre! AH!HA!
23H. Le patron du restaurant ne put éviter de nous jeter à la rue.
Venez dormir chez moi, Nestor.
Vous avez trop bu... Moi aussi! je vous offre l'hospitalité.
NON!

Je rentre à l'hosto!
Soyez raisonnable, BURMA. Ma voiture est à deux pas je vous emmène.
NON!
Alors je vous raccompagne!
...Et moi aussi. La marche nous fera du bien.
Un an de captivité et voilà que notre détective de choc ne supporte plus l'alcool!
Ouais... et c'est bien triste de voir ça.
HOPITAL GENERAL
HÉ VOUS!
On rentre à quelle heure?! On se croit tout permis?!! ... et en civil, en plus! Vous vous fichez du monde, mon petit monsieur! Pour la prochaine perm' tu repasseras, mon gars! Demain, de corvée de cuisines! Comment voulez-vous qu'on gagne une guerre avec des gus pareils?
INFIRMERIE
Sur mon lit, je trouvai une lettre et la valise que j'avais laissée dans le filet du compartiment. Ces deux objets avaient un expéditeur commun : Edouard. Il se trouvait à Castelnaudary dans un hôpital militaire. En quatre pages, il m'expliquait que tout allait bien pour lui.
On m'avait dérobé deux paquets de tabac, ainsi qu'une paire de chaussettes et un caleçon, mais, je trouvai ce pourquoi j'avais tant désiré récupérer mon bagage: les empreintes digitales et la photo de l'amnésique du stalag.
60202

Je mis ces deux documents en sûreté dans la poche de ma chemise. Ensuite, je me coulai dans les draps froids, allumai une pipe et essayai présomptueusement de réfléchir.
BURMA!
?
...T'AS TOUT D'UN FLIC!
BEBERT !!! FAIS PAS L'CON !
BEBERT !!.
PAN
AA
KG
60202 x 120 = 7224240
60202 x 120 = 7224240
60202 x 120 = 7224240
60202 x 120 = 7224240
60202 x 120 = 7224240
60202 x 120 = 7224240
60202 x 120 = 7224240
120
60202
JO TOUR EIFFEL!

60202 x 120 = 7224240
60202 x 120 = 7224240
60202 x 120 = 7224240
BON DIEU !
LA P'TITE SOEUR !!!
N'y allez pas, BURMA !
HA HA ! HA !
AAA
Jo !
Mercredi 10 decembre 1941, 8H du matin.
Les permissions ne vous réussissent pas. Vous êtes très agité. Buvez cette tisane... ça ira mieux.
Sitôt dehors sitôt au bistrot !

Je me rasai. Les douches fonctionnaient; j'en pris une. Ça allait beaucoup mieux. Ensuite, dédaignant le bureau où l'on délivrait les titres de permission, j'allai rôder près des cuisines. En un clin d'oeil, je fus dehors.
AÏE!
Prête-moi ton béret, Lucien, je vais faire un tour et j'ai besoin de garder mes idées au sec.
J'm'en fous!
Un bar m'accueillit. Je consultai l'annuaire et dressai une liste de cinq noms.
BILLARD
Il était trop tôt pour commencer mes démarches. Je tuai le temps en fumant quelques pipes le long des quais. Il faisait froid mais c'était supportable. Lorsque j'entendis sonner dix heures, je me mis au travail.

Je visitai d'abord un certain Pascal, demeurant rue de Créqui, au fond d'une cour obscure. L'individu qui me reçut et qui s'intitulait « secrétaire », avait tout du maître chanteur. En dépit de l'instruction obligatoire, je le soupçonnai fort de ne savoir ni lire ni écrire.
1941
10
Je vous téléphonerai. ... merci
Putain de ville de merde !
4
MONTEE A L'AVANT
Je vis encore trois autres policiers privés, ou soi-disant tels, qui ne me plurent pas davantage, l'un avait l'air trop malin...
l'autre pas assez...
Je vous écrirai.
le troisième était gâteux.

Mon nom est Nestor BURMA. Je voudrais voir M. LAFALAISE.
L'après-midi était avancé, lorsque je découvris, dans une rue coquette voisine du parc de la Tête d'Or, l'homme de la situation, celui par qui j'aurais dû commencer et qui, bien entendu, était le dernier de la liste.
?
1941
Qu'entends-je? Nestor BURMA, l'homme qui met le mystère K.O, Dynamite BURMA, détective de choc, ici?! Venez dans mon bureau, cher confrère.
Gérard LAFALAISE, enthousiaste et juvénile, me convint tout de suite.
Vous avez sans doute appris par les journaux qu'un de mes collaborateurs du nom de COLOMER a été assassiné en gare de Perrache...
Mais... mais certainement.
Voici ce que j'attends de vous... COLOMER projetait de monter ici un bureau similaire à celui de Paris. IL ne serait pas impossible qu'il ait eu des contacts avec des employés d'agences locales...
Je vois.

Je ne crois pas qu'il ait jamais vu quelqu'un de votre agence, mais il se pourrait très bien qu'il soit entré en relation avec certains de vos collègues lyonnais. Je compte sur vous pour me fixer sur ce point.
Je ferai mon possible.
Autre chose. Connaissez-vous cette jeune fille ? L'avez-vous rencontrée une seule fois ?
Vous vous moquez, M. BURMA !... C'est Mado MORLAIN la vedette de cinéma !... Entre nous "BROUILLARD AU PONT DE L'ALMA" est un film admirable... Quelle actrice !!!
Je recherche une personne qui lui ressemble étrangement. A défaut de la photo de l'original, j'ai pris celle-ci. C'est mieux que rien. Alors ?
Non. Si j'avais jamais rencontré quelqu'un qui lui ressemble, vous pensez bien que je m'en souviendrais.
Votre secrétaire ? un de vos agents ?
Il sonna la dactylo. Avait-elle remarqué, au cours de ses déplacements en ville, une jeune fille ressemblant à s'y méprendre à Madeleine MORLAIN ?
Non, mais le fils de ma crémière ressemble à FERNANDEL. Il a été fait prisonnier -stalag II B- en Poméranie orientale... Il fait froid là-bas. Depuis qu'on peut envoyer des colis, grâce au Maréchal, sa mère ne cesse de lui tricoter des chandails...
C'est bon !...
...Louise, lorsque Paul, Victor et Prosper rentreront, posez-leur la question si je ne suis pas là.
Bien, Monsieur.
Donnez.
Après avoir donné mes instructions et discuté des honoraires, je pris congé.

PATRIE
SUIVEZ MOI!
CONFIANCE EN LA FRANCE ETERNELLE
Le brouillard s'était épaissi. L'éclairage urbain déjà atténué par un camouflage de demi-défense passive, s'efforçait de percer sans succès.
A 19 H 30, je passai le pont de la Boucle en frissonnant. On n'y voyait pas à deux mètres.
De l'autre côté du pont, je pris place dans un tramway cahotant, grinçant et peuplé d'usagers moroses.

L'atmosphère ouatée du tabac du passage fut la bienvenue. Je m'installai près du poêle. Peu après, COVET arriva.
Dites-donc, hier soir, qu'est-ce que vous teniez comme biture !
Vous avez mes renseignements ?
Ouais, le critique littéraire est rentré.
Ce sont exactement les mêmes bouquins qu'il vous avait indiqués pour COLOMER ?
Exactement les mêmes.
Ah!... J'oubliais. J'ai reçu ce télégramme pour vous. C'est apparemment de votre copain flic. Il a fait vite.
Si FAROUX n'avait pas de combine! ...C'est quand même bizarre qu'il ait été si rapide. Refuserait-il de m'aider ?
120 RUE DE LA GARE STOP EXISTE PAS STOP AMITIES FAROUX
Il n'existe pas de 120, rue de la Gare.
Qu'est-ce que ça veut dire ?
Il n'y a pas de rue de la Gare à Paris ?...
...Ou pas de n° 120 dans la rue de la Gare !
Cette nuit-là, je ne rentrai pas à l'hôpital. Après un repas hâtivement expédié, je demandai l'hospitalité à COVET. Le journaliste compris que ça n'allait pas fort...

Je vous refile deux couvertures. Ça vous fait rien de coucher par terre, hein, BURMA ?
Je porte ces pompes de merde depuis le début de la guerre.
AARH!
... Putain de lacet !... Y vient de craquer !
?
M'SIEUR COVET ! ON VOUS DEMANDE AU TELEPHONE !
J'ARRIVE !
Tiens !... c'est le voisin du dessous !?
IL était minuit. COVET descendit en bougonnant, pour remonter presque aussitôt.
C'est pour vous, évidemment !
AH?
Allô. M. BURMA ? ...ici LAFALAISE. IL faut que nous nous voyions tout de suite. J'ai du nouveau.
Félicitations. Vous êtes un rapide.
Allez-y, je vous écoute...
Pas au téléphone. Le mieux est que vous veniez
Chez vous ? A la Tête d'Or ?
A la Tête d'Or, oui. Mais pas chez moi. Je ne vous appelle pas de mon bureau. Je suis chez un ami que je ne peux pas quitter... un ami qui aimerait vous parler de vedettes de l'écran...
Fichtre !... très bien. Où dois-je me rendre ?

Il me fournit les explications. C'était assez compliqué. Il proposa d'envoyer quelqu'un à ma rencontre sur le pont de la Boucle. J'acceptai.
Que diriez-vous d'une balade au Parc, COVET ? Montons nous habiller chaudement.
?
QUOI !...
Dites-donc, BURMA ! ... sortir à cette heure !!! ... il y a des patrouilles et vous êtes toujours mobilisé, mon vieux !
Prenez votre béret, il doit faire frisquet, dehors.
J'imagine qu'il est inutile de vous demander le but de cette promenade ?
Inutile !
Vous pourriez peut-être me dire qui a téléphoné ?
Un ami. J'ai relevé dans le Bottin le n° de votre voisin... J'aime qu'on puisse me joindre facilement.
De plus, je savais que vous seriez incapable de refuser de m'héberger pour la nuit.
Tout vous est dû !!!
A peu près, oui...
ET MERDE ! ... mon lacet a craqué !
Encore !

Allez-y, COVET, on nous attend au milieu du pont...
j'arrive !
AAAA
AH!
J'attendais ce cri !!!
COVET ! LES COUILLES ! UN COUP DE PIED DANS LES COUILLES !
A
MAIS NOM DE DIEU, COVET, FOUTEZ-LUI SUR LA GUEULE !!!

FUMIER!
REGARDEZ-MOI CETTE PETITE PUTE.:. MMM.:.
HA, MAIS BORDEL DE MERDE!
A
OH.:MERDE!
MERDE!!

MERDE! MERDE! MERDE!
Où est-il passé ?
Il vogue vers Valence!
BON DIEU!
Vous vous apitoierez une autre fois. Allons à votre canard. J'ai besoin de téléphoner et je veux le faire sans chinoiseries, sans avoir à montrer mes papiers, remplir une fiche et donner le signalement de ma nourrice.
Allons-y. Je connais au journal un placard où il y a du cognac!
Bien entendu, BURMA, vous saviez ce qui allait nous arriver?
Je m'en doutais.
Et vous m'avez fait passer devant, en espérant que le type me prendrait pour vous! ... et si j'étais tombé dans le Rhône ?
Vous ne pouviez pas. J'étais là. J'attendais votre appel.

Si vous étiez arrivé trop tard ? Si vous aviez glissé ? Si...
... Avec des si...
J'aurais toujours tenu votre agresseur. Moi dans le jus et vous, COVET, avec ce type, ça n'aurait servi à rien. Vous n'auriez pas su quelles questions lui poser. Tandis que moi, le tenant...
Et moi dans l'eau !...?
Je vous aurais vengé, COVET !!!
Vous êtes vraiment un chic type !... Que vous sachiez ou non quelles questions poser à cette ordure, c'est un peu tard !
A 1H du matin, nous arrivâmes dans les locaux du CREPUSCULE "replié".
Le plomb ! Ah, l'odeur du plomb... BURMA, vous ne pouvez pas comprendre...
Où est le téléphone ?

Tandis que COVET forçait le placard aux spiritueux, j'appelai le bureau de Gérard LAFALAISE. Personne ne répondit. Je ne m'en étonnai pas.
Je fis une incursion dans l'annuaire et téléphonai à tous les abonnés du nom de LAFALAISE. Ils étaient relativement nombreux. Pas mal d'entre eux, indignés d'être dérangés en plein sommeil m'envoyèrent au diable.
Enfin, un nommé Hector LAFALAISE me dit être l'oncle de celui que je cherchais. Je le conjurai de me révéler le numéro privé de son neveu. Après quelques résistances, il consentit à me satisfaire.
Buvez ça assassin!
LE CRÉPUSCULE
Au domicile du détective, je tombai sur un larbin. M. Gérard n'était pas là. Il me fallut parlementer un bout de temps avant d'obtenir le renseignement...
... Gérard LAFALAISE était à une soirée chez la comtesse de GASSET. Le larbin ajouta l'adresse de cette aristocrate.

C'était du cognac, dans un verre à moutarde, bien propre, si l'on peut dire, à enthousiasmer un détective... Il était couvert d'empreintes.
J'ai encore besoin de vous, COVET.
Encore !...
Cette fois nous allons dans le monde.
Mais...
N'oubliez pas, il y a le prix PULITZER au bout de tout ça !
Nous sommes retournés dans le brouillard.
... La comtesse de GASSET, ça vous dit quelque chose ?
Mouais...
Rien dans sa conduite ne me semble prêter à suspicion... une mondaine... une écervelée. Bourgeoisie lyonnaise, grosse fortune... la soie ! Vous voyez ce que je veux dire... Ça donne des fêtes...
On s'amuse bien en zone libre.

Ça doit être ici.
6ème étage.
IL était 2H du matin, lorsque nous sommes arrivés au pied de l'immeuble de la comtesse, à deux pas de la gare des Brotteaux...
Une servante de comédie nous introduisit dans un vestibule parfumé. Un bruit de conversations et de rires nous parvenait ainsi que les sons d'une musique syncopée.
Du diable si je m'attendais à recevoir votre visite ici !
Notre métier est truffé d'imprévu.
Je mis rapidement LAFALAISE au courant de l'épisode du pont de la Boucle
Nous avions convenu d'employer nos prénoms au cours de nos conversations téléphoniques éventuelles, ce que le type ignorait. Ça m'a mis la puce à l'oreille. Maintenant, je vous proposerai de mettre votre manteau et de me suivre.
Où ça ?
Je n'en sais rien. Je veux dire que c'est vous qui avez l'adresse du lieu où je veux me rendre. Chez votre charmante secrétaire dont j'ignore même le nom.
Louise !!! Louise BREL. Mais je ne comprends pas !

Elle m'a paru trop conne, cet après-midi, pour que ce soit naturel. Lorsque vous lui avez parlé de Madeleine MORLAIN, elle nous a fait un discours sur FERNANDEL et les colis de PETAIN, elle nous aurait aussi bien parlé de MUSSOLINI pour cacher son trouble... Elle connaît la fille que je cherche et pour une raison ou pour une autre, mon activité la gêne...
C'est inimaginable.
Sans perdre de temps, elle a essayé d'y mettre un terme en me dépêchant un tueur! LAFALAISE, vous laissez traîner vos notes sur votre bureau, n'est-ce pas?!... elle a su où me trouver en cas d'urgence.
Ma voiture est garée en bas.
Vous n'avez pas trop de problèmes, pour l'essence?
Pas trop...
BURMA, êtes-vous sûr de ne pas vous tromper? ... Est-ce Louise qui vous a téléphoné?
Non. Elle a tout laissé faire au type... même le plongeon non prévu au programme... du moins non prévu avec ce nageur-là.
C'est incroyable! Vous vous trompez certainement.
Le meilleur moyen de s'en convaincre, est d'aller voir l'oiselle. Si vous traînez à me faire part jusqu'à l'aube des raisons que vous aviez de lui faire confiance elle risque fort de se débiner!
C'est incroyable!

C'est encore loin ?
Nous y sommes.
Louise, laissez-nous rentrer !
?
M. LAFALAISE !? Que faites-vous ici ?... Mais... il est trois heures du matin !
Habillez-vous, prenez vos papiers et suivez-nous. Vous allez fournir à la police quelques détails sur une agression que je viens de subir de la part d'un de vos complices !
J'ai essayé de faire comprendre à M. BURMA qu'il faisait erreur. IL vous accuse de lui avoir tendu un traquenard ! C'est... c'est... Ecoutez, Louise, ne restez pas là sans rien dire !... Défendez-vous.
Me défendre de quoi et de qui ? Je ne sais pas de quoi ce monsieur m'accuse ! Un traquenard ? Je ne lui ai jamais tendu de traquenard. Je...

Connaissez-vous cette jeune fille?
Oui. C'est Madeleine MORLAIN.
Vous vous foutez de moi? Connaissez-vous quelqu'un qui lui ressemble? Je vous ai déjà posé la question cet après-midi!
Je sais.
... Et vous ne m'avez pas répondu! Connaissez-vous quelqu'un qui ressemble à cette actrice?
Non!
Connaissez-vous quelqu'un qui ressemble à cette actrice?
NON!
VOUS MENTEZ!
Non! Lâchez-moi, vous me faites mal!
M. BURMA, cessez immédiatement!
On a voulu me foutre dans le Rhône, M. LAFALAISE!... alors laissez-moi causer avec votre secrétaire! Bouclez-la cinq minutes!
D'accord, mais du calme, M. BURMA ... du calme.
Mlle BREL, vous m'avez fait attaquer cette nuit par un homme de main, alors que je courais à un faux rendez-vous ... un piège!
Partez, sinon je crie! ... un voisin finira bien par prévenir la police!

La police ?... allons-y tout de suite ! La police ?... mais je ne la crains pas, mon p'tit lapin !
C'était faux. L'arrivée des flics m'aurait salement embarrassé.
Si quelqu'un ici doit redouter la police, c'est vous ! Vous qui soutenez ne pas connaître le sosie de cette actrice ! Vous, qui ne voulant pas que je poursuive mes recherches au sujet de cette fille - et vous allez m'expliquer pourquoi - avez essayé de me faire balancer à l'eau !
Le rendez-vous m'a été fixé par téléphone. Or, une seule personne à Lyon connaissait mon n° d'appel. Votre patron... j'ai mes raisons de ne pas le soupçonner. Une deuxième pouvait facilement se le procurer : **VOUS !** ...sa secrétaire !
Mlle Louise, vous m'agacez ! Ça commence à bien faire ! ... Vous vouliez qu'on prévienne les flics ? ... Réveillons le commissaire BERNIER, celui qui enquête sur l'assassinat de COLOMER, mon ex-collaborateur. Je vous préviens, BERNIER sera de très mauvaise humeur !... Allons-y !
BURMA !
NON !
Je connais le sosie de Madeleine MORLAIN.
Enfin !... Son nom ? Son adresse ?
Je l'ignore.
Ça recommence !!

J'ai vu plusieurs fois cette jeune fille en compagnie de Paul. Je la soupçonnais d'être sa maîtresse.
Qui est Paul?
Paul CARHAIX. Un employé de l'agence.
C'est exact.
M. LAFALAISE, êtes-vous satisfait de votre personnel?
À 4H10, nous quittions le domicile de Louise BREL.
Allons chez CARHAIX. L'examen de son repaire peut être intéressant. Où habite-t-il?
A la Croix-Rousse. Vous... n'avertissez pas la police?
Plus tard... plus tard.
Ça a été laborieux!... le signalement qu'elle m'a donné de ce CARHAIX correspond grosso-modo à mon agresseur du pont de la Boucle... pour autant que j'ai pu l'examiner lors de notre rencontre.
Notre! ...agresseur!
Pourquoi cherchez-vous cette fille?
Je l'ai rencontrée un soir dans l'autobus, depuis j'en ai le béguin.
En résumé : hier soir, lorsque CARHAIX était rentré à l'agence, LAFALAISE étant absent, la secrétaire l'avait informé de ma visite au détective et du fait que je recherchais la jeune fille.

Louise BREL pensait qu'un danger menaçait l'amie de CARHAIX, qu'elle était peut-être impliquée dans une affaire criminelle ou victime d'une machination quelconque, tant il lui semblait impossible que cette gamine au regard si doux fût capable de la moindre mauvaise action !!!
Votre secrétaire avait toute confiance en cette petite ordure de CARHAIX, nous a-t-elle dit...
... toujours selon ses dires : CARHAIX l'assure donc que la môme est au-dessus de tout reproche et qu'il va lui-même, de ce pas, demander des explications à Nestor BURMA !
... Elle lui refile le n° d'appel que je vous ai donné ... qu'elle a trouvé sans peine sur votre bureau.
CITROËN
STOP
Au cours de vos précédentes rencontres, CARHAIX ne vous a pas présenté la jeune fille ?
Non. Je passais sur l'autre trottoir.
Ah ! Vous êtes sûre qu'il n'a pas prononcé son nom, hier soir ?
Absolument sûre.
C'était sa maîtresse ?
Je... je le crois.
Vous n'en êtes pas certaine ?
Non.
LAFALAISE, comprenez-vous ? ... Votre employé avait un motif puissant pour m'empêcher de m'occuper des affaires de sa jeune protégée ... qui n'est certainement pas sa maîtresse, mais une connaissance ou quelqu'un l'employant à votre insu.
Muni du renseignement communiqué par votre secrétaire, CARHAIX me téléphone en imitant votre voix... et m'attaque sur le pont de la Boucle.
Nous ! ... attaque !
C'est incroyable !

Qu'est devenu Paul?
Vous aimez cet homme?
Il a été mon amant. Puis, il a cessé de m'aimer ... je l'aime encore. C'est pour ça que je n'ai pas voulu reconnaître celle que je supposais être sa maîtresse... c'est pour ça aussi que je l'ai averti. Je n'aurais pas voulu qu'il souffre, même indirectement. Qu'est-il devenu?
Oubliez-le. Vous ne le reverrez plus.
Une patrouille! Foncez, LAFALAISE!!! Ecrasez-moi ces hirondelles pétainistes!
AH! AH! AH!
LAFALAISE bénéficiait d'un permis de circulation automobile et d'une carte spéciale, apparemment délivrée par une "huile"... Je bénis le hasard qui m'avait fait porter mon choix sur un personnage ayant le bras si long.
Les flics nous demandèrent de rouler en code. Le black-out n'était pas rigoureux dans cette zone", mais il ne fallait pas exagérer..." La semaine précédente la région avait été survolée par des appareils de nationalité inconnue. LAFALAISE embraya. Dix minutes plus tard, nous arrivions chez CARHAIX.

C'était au second étage d'un immeuble sans concierge... la porte de l'allée était ouverte.
IL va falloir enfoncer la porte.
Pensez-vous! ... COVET va la crocheter avec son cure-pipe.
Ne touchez à rien. Tôt ou tard la police viendra ici.
Que cherchons-nous plus particulièrement?
Un nom féminin et si possible l'adresse de celle qui le porte. Eteignez vos pipes, ne laissons pas d'odeurs de tabac.
Nous fouillâmes sans succès. L'appartement donnait l'impression d'avoir été mis en ordre récemment.
CARHAIX n'avait sans doute pas l'intention de revenir une fois son coup fait.
GRAMMONT
Combien vôtre employé possédait-il de pardessus, M. LAFALAISE?
Je ne lui en ai jamais connu que deux. Un gris foncé et... Eh bien!... ces deux-là!
IL était en veston, lorsqu'il m'a attaqué. Pour être plus à l'aise. J'imagine que s'il avait projeté de fuir après le meurtre, il aurait au moins emporté un pardessus qu'il aurait déposé quelque part avant la bagarre.. il semble qu'il n'en soit rien. Nous ne sommes pas à une saison où l'on peut se passer d'un pareil vêtement. De plus, en acheter un neuf me paraît hasardeux. Je débarque du stalag, mais j'ai entendu parler de bons d'achat pour les textiles.

CARHAIX a tout rangé ici et fait disparaître les papiers compromettants - s'il y en avait - avant de combiner le guet-apens ... avec l'intention de prendre le large s'il arrivait à ses fins. Mais rien ne l'empêchait, une fois son coup accompli, de revenir ici se vêtir décemment, attraper sa valise et disparaître.
C'est possible.
Seulement, il y avait, dans le fond de la garde-robe, une valise qui n'était pas en état d'être saisie en toute hâte. Néanmoins, je ne fis aucune observation.
Nous explorâmes la valise et les poches de tous les vêtements. Elles ne recelaient même pas un ticket de tramway.
Nous pouvons filer.
Je n'étais ni tout à fait satisfait, ni tout à fait déçu.
... Rester ici plus longtemps ne nous avancerait pas.
BURMA! ...VENEZ VOIR!
?
Le père Noël est en avance! Voyez ce que je viens de trouver dans une de ces godasses! Dans ce carton qui était sous de vieux journaux, le tout sous l'évier. Qu'en dites-vous BURMA?
Comme planque, on fait mieux!
En effet!
Beretta, calibre 32.
COLOMER?... Il était farci de projectiles de 32...
Pas très intéressant! COVET, remettez ça où vous l'avez trouvé et foutons le camp...

LAFALAISE partit de son côté. Avant de le quitter, je lui fis réciter sa leçon afin de servir la même salade aux flics : garder le silence sur la "perquisition" chez CARHAIX et faire comprendre à sa secrétaire qu'elle tienne sa langue.
Dites donc, BURMA, j'ai l'impression que LAFALAISE est enchanté d'être votre complice, en quelque sorte !!!
Ça lui passera, il débute dans le métier...
Nous avons pris la première "ficelle" qui descendait place Croix-Pâquet, à deux pas de chez COVET... il était 5H du matin, jeudi 11 décembre 1941
Charmante soirée ... ça m'a beaucoup plu !
Vous oubliez le PULITZER, COVET !!
... Une agression... dont j'ai manqué faire les frais ; un type dans le Rhône ; l'interrogatoire d'une secrétaire de détective privé ; l'entrée par effraction dans le logement d'un assassin décédé et fouille dudit ; la découverte, dans un soulier, d'un pistolet automatique de calibre 32, oublié là par le type qui a si bien nettoyé sa piaule avant de partir en expédition... un indice, le flingue ?... « Remettez ça où vous l'avez trouvé ! » Je ne me suis pas ennuyé cette nuit !
Vous devriez vous allonger un peu, dormir une heure ou deux... Que pensez-vous de cette Louise BREL ?... c'est pas Hélène CHATELAIN, votre secrétaire à vous qui...
Les secrétaires de détectives se valent toutes !

Avant d'aller présenter au commissaire ma version des faits, je désirais m'entretenir avec MONTBRISON. Cet avocat n'avait pas usurpé sa réputation. C'était une lumière juridique qui, dans un cas aussi épineux, pouvait être de bon conseil. A 7 heures, je sonnai à sa porte.
Il est tôt. Maître MONTBRISON dort encore... Enfin, je vais vous annoncer.
C'est ça! ... annoncez!
Le larbin me pria d'attendre dans le bureau.
AEDGAR POE
Je tuai le temps en feuilletant une très belle édition des contes de POE, illustrée par NICOLLET
LA LETTRE VOLÉE
NICOLLET
BURMA!... Quel événement me vaut le plaisir de cette visite matinale ?... si matinale.
Excusez-moi de vous tirer du lit, mais j'ai besoin de vos conseils. D'ici une demi-heure, j'aurai une conversation avec le commissaire BERNIER. Au cours de cette conversation, je lui avouerai avoir, cette nuit, balancé un homme dans le Rhône.
QUOI! ?

Qu'est-ce que c'est que cette histoire ?
Je lui dis que j'avais chargé un détective de fouiller le passé lyonnais de COLOMER... Que cet imbécile avait dû parler à tort et à travers... que c'était parvenu aux oreilles d'un complice de l'assassin, sinon de l'assassin lui-même, qu'il m'avait tendu une embuscade... etc... etc.
En quoi puis-je vous être utile ?
En me fournissant des tuyaux qui sont de votre ressort. Je me demande comment BERNIER va prendre ça... Il me connaît, mais de réputation seulement... et la réputation d'un détective privé...
Mais... tenez-vous à le mettre au courant ?
C'est indispensable. L'affaire de COLOMER et la mienne sont liées.
Si votre agresseur et l'assassin de Perrache sont une seule et même personne, il n'y a plus grand-chose à faire. Les poissons tiendront lieu de jurés... et le jugement est exécuté avant même d'être rendu.
Si le commissaire BERNIER avait des doutes touchant la légitime défense... Si des difficultés surgissaient, vous pourriez les aplanir, n'est-ce pas ?
Mais certainement. Dois-je vous accompagner chez ces messieurs ?
Vous êtes fou !? Que penseraient-ils en me voyant déjà pourvu d'un défenseur ? Pour le coup, ils me passeraient les menottes !
Je quittai l'avocat après lui avoir promis de le tenir au courant. Nous avions établi une sorte de plan de campagne... Je souhaitais ne pas avoir à m'en servir.

J'avais du temps devant moi. J'écrivis trois cartes interzones dans un bureau de poste, ensuite je bus un café fortement sacchariné. Dans un tabac, j'achetai un paquet de gris. En bourrant ma pipe, je me dirigeai vers le Palais de Justice.
1941 l'année du NETTOYAGE
LA LIGUE FRANÇAISE
TOUS UNIS
LE MARECHAL PETAIN
ET 1881
LYON - THEATRE de L'Y
Tournées GUY
PAUL VANDENBE
SUZANNE FLEURA
GUY RAPP
17
9H 10... Allons vérifier si ce triste fonctionnaire est déjà au travail.
Tiens, BURMA !... Ce béret est ridicule. Dites donc, vous m'avez l'air d'avoir fait la nouba cette nuit, vous !
C'est presque ça... entre minuit et 1H du matin, je passais sur le pont de la Boucle, lorsqu'un type m'a attaqué, avec l'intention bien nette de m'envoyer dans l'eau. On s'est battus... il est rentré chez lui à la nage.
1941
11
QUOI !... Vous plaisantez, j'espère ? Hein ?
Absolument pas !
HUMPF... HUMPFF
Je lui servis mon boniment. Il me demanda des détails. Je les lui fournis, passant sous silence une foule de choses. Il n'avait nul besoin de connaître les préoccupations sentimentales de Mlle BREL et notre visite chez Paul CARHAIX.
Et ce détective ?... ce LAFALAISE... C'est un homme sûr ? C'est pas lui qui aurait fait le coup ?
Je l'ai vu tout à l'heure. Il n'avait pas l'air de sortir de l'eau...
11
ÉCEMBRE

Ne faites pas l'âne, BURMA ! Ce détective pourrait être l'instigateur.
Rien à glaner de ce côté-là, commissaire. C'est simplement un imbécile qui a la langue trop longue.
Il ne faut rien négliger... Je ferai surveiller cet oiseau !
Il hurla des ordres aux quatre coins de la maison. La brigade fluviale et celle des garnis, notamment, étaient l'objet de tous ses soins.
Ce soir... demain au plus tard, nous aurons votre homme ! On draguera s'il le faut ! Je veux voir ce type de près. Il n'a pas dû aller très loin. On le fouillera, on trouvera son adresse, on perquisitionnera chez lui... Voilà une affaire qui se termine comme toutes les autres...
Il vendrait encore la peau de l'ours, si je ne l'avais interrompu.
Que dit le rapport d'autopsie ?
AH! AH! AH! Attendez qu'on ait repêché le bonhomme...
Je parle de l'affaire COLOMER.
Le rapport d'autopsie ?... Rien de particulier. Pistolet automatique, calibre 32, je vous l'ai déjà dit. Votre collaborateur avait cinq balles dans le dos. Le saviez-vous ? ... A propos, votre assaillant de cette nuit était-il français ?
Je ne le lui ai pas demandé. Pourquoi ?
Pour rien. Ces étrangers...
Il se mit à noyer le poisson dans un discours xénophobe.

BERNIER ne m'apprit pas grand-chose. Il n'avait aucune idée quant à la provenance des neuf mille francs dont COLOMER était porteur au moment de sa mort. MONTBRISON n'en savait là-dessus pas plus long que nous. L'importance de cette somme me tracassait, sachant que Bob n'était pas du genre économe...
MOUTARDE DIAPHANE
REVOLUTION NATIONALE
Avec le MARECHAL
Patience • Silence
Confiance
Putain de ville.
Mon cher M. BURMA, nous vivons une curieuse époque. Je connais à Lyon d'ex-traîne-savates qui sont maintenant des roule-carrosses... La recette? Marché noir! Qu'en dites-vous?
BURMA, jouez-vous au poker?
J'avais laissé au commissaire des indications pour me joindre au cas où il y aurait du nouveau. Je lui avais aussi promis de lui réserver une de mes prochaines soirées pour organiser une partie de poker (un jeu qu'il paraissait affectionner).

COLOMER effectuant des recherches sur le marquis de SADE... Faut voir ça de plus près.
La bibliothèque était toute proche du Palais de Justice. J'avais sur moi la bibliographie fournie la veille par COVET. Je demandai à consulter les bouquins de la liste.
C'est pas vrai ?!
On ne fume pas, ici !
Je débutai par "LES ORIGINES DU ROMAN NOIR EN FRANCE", de Maurice ACHE. Le livre s'ouvrit de lui-même à la bonne page. Un papier y avait été oublié par le précédent lecteur...
C'EST L'ÉCRITURE DE COLOMER !!!
CHUT
Je constatai que Bob, qui écrivait du pour de et prodijieux pour prodigieux, avait hérité de l'orthographe parentale. Je connaissais ce défaut, il authentifiait le papier oublié.
EN VENANT DU LYON, APRÈS AVOIR RENCONTRÉ LE DIVIN ET INFERNAL MARQUIS, C'EST LE LIVRE LE PLUS PRODIJIEUX DE SON OEUVRE.
COLOMER est venu chercher ici, dans les œuvres consacrées à SADE, la solution de cette devinette... et il l'a trouvée !... dans son émotion il en a laissé le texte de l'énigme à résoudre, dans ce livre.
IL avait trouvé la solution du rébus ! En effet, d'un ongle que j'imaginais fébrile et triomphant, COLOMER avait souligné une phrase : ... SANS ÉQUIVALENT DANS AUCUNE LITTÉRATURE, PRÉCÉDANT DE QUATRE ANNÉES LA PUBLICATION DU PREMIER ROMAN D'ANN RADCLIFFE ET DE ONZE ANNÉES CELLE DU FAMEUX MOINE DE LEWIS, CET OUVRAGE PRODIGIEUX...
OUVRAGE PRODIGIEUX...
D'après l'auteur des "ORIGINES DU ROMAN NOIR EN FRANCE"... IL s'agissait des
120 JOURNÉES DE SODOME !!!

120… le numéro d'un immeuble. De quelle rue ? De la Gare ?
PATRON!!! 120 RUE DE LA GARE..
120 RUE DE LA GARE STOP EXISTE PAS STOP AMITIES FAROUX
Le télégramme de Florimond FAROUX était formel !
?
EN VENANT D
LYON, APRÈS AVOI
RÉ LE DIVIN
…En venant de Lyon… Gare… Lyon… s'agit-il de la rue de la Gare ou de la rue de (la Gare de) Lyon ? …La rue de Lyon…??
EN VENANT DU LYON, APRÈS AVOIR RENCONTRÉ LE DIVIN ET INFERNAL MARQUIS, C'EST LE LIVRE LE PLUS PRODIGIEUX DE SON OEUVRE.
Le divin et infernal marquis…
Si l'on s'en tient à une interprétation primaire, la dualité de la personnalité du marquis, à la fois divin et infernal, nous donne:
DIVIN | INFERNAL
BON | MAUVAIS
moitié l'un | moitié l'autre
moitié moitié
120 : 2 = 60 !
60, RUE DE LYON ???!
J'abandonnai la bibliothèque sans omettre de m'approprier le papier oublié par COLOMER.
Rue de Lyon… Je connaissais quelqu'un demeurant rue de Lyon. Quelqu'un dont je prévoyais depuis mon retour qu'il me faudrait un jour m'occuper. Cette personne n'habitait pas au 120 mais au 60… comme par hasard !
PALAIS St. JEAN
120, rue de la Gare égale 60, rue de Lyon?! C'est tiré par les cheveux, mais ça confirme mes soupçons.
Dites à Hélène 120 RUE DE LA GARE..
Dites à HÉLÈNE !?

Dans un café, je rédigeai une nouvelle lettre codée pour FAROUX. Elle partirait dans l'après-midi, grâce à un des copains de COVET... un de ces journalistes qui n'arrêtaient pas de faire le va-et-vient entre les deux zones.
TELEPHONE
En clair, ça nous fait : Reçu télégramme. Merci. Surveillez et prenez en filature mon ex-secrétaire, Hélène CHATELAIN, demeurant 60, rue de Lyon.
Récapitulons : l'amnésique du stalag et COLOMER me donnent la même adresse au moment de mourir... mais l'amnésique la fait précéder d'un prénom : Hélène. Ma secrétaire n'est pas toute seule à porter ce prénom... mais...
Pas un instant l'idée qu'Hélène ait pu connaître l'amnésique ne m'a effleuré au moment de sa mort, mais depuis, il y a eu le meurtre de COLOMER ... COLOMER, qui connaissait... Hélène et le 120, rue de la gare!
vive PETAIN!
voila le cri du peuple
LISEZ
LE CRI du PEUPLE DE PARIS
DIRECTEUR JACQUES DORIOT
1er GRAND QUOTIDIEN D'INFORMATION
J'éprouvais le besoin de caser mon ex-secrétaire dans ce puzzle... Je la supposais, à tort ou à raison, mêlée, sinon à la mort de COLOMER, du moins liée à tout ça.
RUE PETIT-DAVID
BROUILLARD L'ALMA
MORLAIN
LIBRAIRIE EXPÉRIENCE
MICKEY ET LE TRÉSOR
Vers midi, je poussai une pointe jusqu'à l'hôpital.

Personne à l'hosto ne paraît avoir remarqué mon absence irrégulière.
Lucien, je te rends ton béret. Il ne pleuvra pas aujourd'hui.
J'm'en fous!
?
Je sortis de l'hôpital aussi aisément que j'y étais rentré. Je gagnai les quais. Sous les yeux des badauds, les gars de la brigade fluviale sondaient le Rhône. Je me tâtai un instant sur la conduite à tenir, puis je descendis sur la berge.
?
HÉ!.. BURMA!
Vous tombez à pic! On vient tout juste de m'apprendre qu'on a tiré de l'eau un type, à la Mulatière. Il n'a pas de pardessus, mais ce n'est pas un clochard. Il doit s'agir de votre bonhomme. Venez avec moi pour l'identifier.
AH?!

A part ça, quoi d'neuf commissaire ?
...Concernant COLOMER, j'ai abandonné l'hypothèse du marché noir... Votre associé victime d'une vengeance de gangsters, trafiquants de cigarettes américaines !
Vous avez bien fait.
Peu après votre visite de ce matin, une personnalité lyonnaise, qui rentre de voyage, est venue se mettre à notre disposition...
... IL y a quelques mois, elle a chargé COLOMER d'une enquête délicate dont il s'est brillamment tiré.
La somme de neuf mille francs trouvée sur lui, c'était ses honoraires. IL avait exigé beaucoup, ayant besoin de fonds pour monter une agence de détectives.
HA ?

On arrive!
Nous fûmes accueillis par le policier muet, celui qui accompagnait BERNIER lors de sa visite à l'hôpital; mais depuis, il avait retrouvé sa langue de flic.
Il y a une heure, un gosse a découvert le noyé, là, coincé dans ces troncs d'arbre. On a déposé le corps dans une cabane de cantonnier, un peu plus loin.
Vous reconnaissez votre assaillant?
Il a un peu changé depuis hier, mais c'est lui.
Vous l'aviez déjà vu?
Jamais!
AH AH! AH!
C'est fini pour moi. Je vous laisse le guignol tant qu'il est encore chaud, toubib!
Inondation broncho-alvéolaire, forte ecchymose au menton, coup de poing, vraisemblablement.
Sans doute votre œuvre?
Sans doute...
Qu'on me fouille ce client!

...Un paquet de Gauloises entamé, un mouchoir, une paire de gants, un portefeuille, un crayon, un porte-monnaie, un stylo, une montre, un briquet, un tube de pierres Auer et un trousseau de clefs.
Passez-moi le portefeuille!
Livret militaire au nom de Paul CARHAIX, une quittance de loyer, quatre billets de cent francs et... voyez-ça, BURMA! ...Une carte professionnelle. Votre noyé travaillait pour l'agence de LAFALAISE!
LIVRET INDIVIDUEL
Pas étonnant qu'il ait été si bien renseigné.
Tu parles!... surtout si c'est son patron qui lui a refilé le tuyau...
Ça m'étonnerait.
Peu importe!...Je n'ai peut-être pas tout à fait perdu mon temps en faisant surveiller ce LAFALAISE.
Allons visiter le domicile de CARHAIX. Une de ces clefs doit nous ouvrir sa porte. BURMA, si le cœur vous en dit...
Le cœur ne m'en disait pas... mais je ne voulais pas contrarier ce brave commissaire BERNIER.
CITROEN
Depuis quelques jours, on fait une rude consommation de policiers privés. A votre place, je ferais gaffe, BURMA!
...Mais c'est ce que je fais, commissaire et c'est grâce à ma vigilance que CARHAIX nous suit dans le fourgon.

J'eus un léger frisson lorsqu'un policier introduisit la clef dans la serrure. Allait-il s'apercevoir qu'elle avait été crochetée? Le flic ne remarqua rien,.. et je réfléchis alors que cela était sans importance. L'appartement de CARHAIX était dans l'état où nous l'avions laissé.
Alors ?...
C'est propre et net, ici. On a fait le ménage il n'y a pas longtemps, on dirait.
Mmh..
l'assistant de BERNIER remarqua soudain quelque chose qui m'avait échappé la nuit précédente...
C'est un camelot, ce type-là ! Regardez ça : une pleine valise de gants. Toutes sortes de gants. ...des gants d'été, des gants d'hiver... des gants pour toutes saisons !
Une heure plus tard, BERNIER me déposait non loin de la place Bellecour.
N'oubliez pas notre partie de poker, BURMA !
28
C'est un prudent, ce CARHAIX. Vous avez vu le contenu de son portefeuille... pas de papiers compromettants, et cet appartement bien rangé... Mais les plus prudents oublient parfois quelque chose qui les conduit à l'échafaud !
Oh!...Commissaire, vous n'oseriez pas faire guillotiner un cadavre ?
CHAQUE
SECOURS NATIONAL
ENTR'AIDE D'HIVER DU MARECHAL
ILS ONT FROID
ILS ONT FAIM
Aidez-moi
A LES SECOURIR

Je déambulai une heure ou deux dans les rues et puis vers 18 heures, je rentrai au tabac du passage. Quarante cinq-minutes plus tard, COVET m'y rejoignait.
TABAC
Je le mis au courant des événements de la journée.
Vous êtes retourné chez CARHAIX avec les flics, et...
Ouais... et ils ont trouvé le Beretta sous l'évier. Vous, aviez mal regardé, COVET !... dans l'autre godasse, il y avait un silencieux... celui qui s'adapte à cette arme. J'ai rien bouffé à midi, invitez-moi dans votre resto à journalistes j'ai faim, ayez pitié, COVET...
Faites pas l'con !
?
ON DEMANDE M. BURMA AU TELEPHONE !

M. BURMA ? ... c'est la police. J'veux pas d'histoires, hein ?
Je ne sais à quoi vous avez passé votre temps, depuis que nous nous sommes quittés, mais je n'ai pas perdu le mien ! ... Le mystère est éclairci et le point final mis à l'affaire... ou presque. Venez !
?
J'arrive !
Le commissaire m'attendait... il était de bonne humeur. IL me servit une tasse de faux café...
Cette affaire tire à sa fin. Nous pourrons bientôt nous livrer aux joies sans mélange d'une partie de poker.
... bien méritée !
... Comme vous dites !
... puis il sortit d'un tiroir le Beretta, encore couvert par endroits d'une légère couche de céruse pulvérisée.
Nous n'avons relevé aucune empreinte digitale, seulement de légères traces de gants... tout ça n'a aucun intérêt. Mais c'est bien cette arme qui a servi à abattre votre collaborateur !

Les projectiles extraits du corps de COLOMER ont été tirés par cette arme. ...aucune erreur possible. Le labo est formel !... vous savez qu'à Lyon, nous possédons le meilleur laboratoire de police technique de France.
...C'est pas peu dire !
Entre nous... depuis la découverte de cet instrument dans la cuisine de votre client, vous, vous en doutiez un peu, hein ?
Il n'y a pas qu'un pistolet de calibre 32 au monde !
C'est vrai. Les balles étant d'un type particulier d'arme, de fabrication étrangère, je me suis fourvoyé un temps sur la fausse piste du crime politique. J'aurais dû songer que des internationaux comme Jo TOUR EIFFEL et sa clique ne se servaient pas d'autres armes.
Jo TOUR EIFFEL ?!
Non, ce n'est pas le fantôme de Jo TOUR EIFFEL qui a tué COLOMER. L'assassin de COLOMER ...et le vôtre, si j'ose dire, est un certain Paul CARHAIX, si nous en croyons le livret militaire trouvé en sa possession. Si nous en croyons ses empreintes et notre album de famille, en consultant nos fiches dactyloscopiques, CARHAIX n'est autre que Paul JALOME, une vieille connaissance de notre Parquet, entre autres à la carte de visite impressionnante...
...évadé de Centrale, interdit de séjour, relégable et... ancien affilié de la bande à Georges PARRY, d'abord, de VILLEBRUN ensuite... un des "lascars" capables de se venger, que vous avez contribué à faire coffrer avec votre collaborateur, et dont vous-même m'avez parlé.
1941
JEUDI
11
DECEMBRE
COLOMER s'intéressait de près à Georges PARRY, dit Jo TOUR EIFFEL. Souvenez-vous de la collection de coupures de presse de votre assistant. COLOMER avait dû repérer JALOME, ancien complice de Jo, mais aussi ancien complice de VILLEBRUN, depuis peu sorti de prison et selon vous susceptible de se venger de COLOMER. Quoi de plus simple pour VILLEBRUN que d'armer le bras de JALOME...
...qui, en exerçant la vengeance de son chef, fait disparaître, du même coup un témoin gênant pour lui-même ?
1941

Pourquoi JALOME qui s'est servi d'une arme à feu en pleine gare de Perrache, n'a-t-il usé contre moi que de ses poings sur le pont de la Boucle ?
Le bruit, M. BURMA, le bruit...
...JALOME a utilisé le silencieux trouvé dans la chaussure. Le labo est formel !... aucun problème dans le brouhaha d'une gare, surtout si une fanfare militaire y fait retentir ses fausses notes, mais dans le silence nocturne c'était risqué.... A ne rien vous cacher, je ne crois pas que CARHAIX-JALOME ait choisi spécialement Perrache comme lieu idéal d'assassinat. Selon moi, il suivait COLOMER et ne l'a abattu que forcé, le voyant se précipiter vers vous.
Mais que faisait Bob à la gare?
AH!
GAULOISES
CAPORAL
1941
JEUDI
11
DÉCEMBRE
IL fuyait ! IL s'était attaqué à un trop gros gibier. JALOME tout seul, passe encore. Epaulé par VILLEBRUN, le morceau était dur. COLOMER a dû maladroitement dévoiler ses batteries et il estimait que le seul moyen de s'en tirer à bon compte était la fuite, sinon définitive, du moins temporaire.
Alors, tout est clair ? Et l'action de la Justice est éteinte, comme on dit ?... n'est-ce pas, commissaire?
En ce qui concerne CARHAIX-JALOME, oui.
Ne bousculez pas trop le voleur de sacs à main !
... Mais nous recherchons toujours VILLEBRUN. Depuis que nous sommes sûrs qu'il est l'instigateur de cet assassinat, nous interrogeons son ex-complice, ce voleur de sacs à main qu'on a arrêté quelques heures avant le meurtre de COLOMER... IL se borne à répéter qu'il ignore tout de son ancien patron. IL finira bien par causer, faites-moi confiance !
Vers minuit, BERNIER me déposa à l'hôpital. IL offrait le consolant spectacle d'un homme heureux et satisfait. Pour rien au monde, je n'aurais voulu ternir une telle euphorie...

Le lendemain.
Mon vieux Lucien, je vais faire une petite promenade.
ramène-moi des clopes.
HÉ VOUS !
Z'êtes guéri, n'est-ce pas?... et vous habitez Paris, alors préparez votre paquetage ! Un train spécial de rapatriés regagnant leurs foyers avec le visa des autorités allemandes passe à Lyon cette nuit. Vous le prenez !. Voici vos feuilles de démobilisation et deux cents francs.
C'est que...
QUOI?!
... ne me dites surtout pas que cet établissement vous plaît, hein ? On vous y a peut-être vu dix minutes en tout ! Votre train est à vingt-deux heures !
Dans un premier temps, décidé à faire ajourner mon départ, j'eus l'intention de contacter le commissaire BERNIER ... et puis je me dis que j'avais pas mal de choses à faire en zone occupée... Autant regagner Paris.
Je passe chez vous vers 8 heures. ... Je vous rends vos fringues, vous m'invitez à bouffer... Pas fâché de quitter cette putain de ville !
J'annonçai la nouvelle à COVET. et il me fallut lui raconter mon entretien avec BERNIER. J'eus un mal de chien à l'empêcher d'écrire un article. Je lui promis d'autres tuyaux pour le soir même.
Je passai une bonne partie de la journée à fréquenter certains garçons de bars qui se livraient à de fructueux trafics. Je cherchais des Philip Morris pour Maître MONTBRISON. Il avait été chic avec moi et je voulais lui témoigner ma reconnaissance. Nulle part je ne trouvai ses cigarettes favorites.

A MONTBRISON aussi, je devais un récit de l'affaire.
...et voilà, Maître, vous savez tout.
Mais c'est formidable ... tout est bien qui finit bien comme on dit.
J'espère vous voir à Paris.
Certainement. Mais quand? Je n'ai pas encore obtenu mon laissez-passer... Ça n'en finit pas. Je connais bien quelques policiers, mais ils appartiennent au vulgum pecus. Ils n'ont aucune influence. Et ça traîne, ça traîne...
Je fais bien de profiter du train spécial.
Ma dernière visite fut pour Gérard LAFALAISE.
Pour m'attirer sur le pont de la Boucle, SALOME m'a téléphoné d'un appartement temporairement inhabité - la ligne n'était pas coupée - ça lui évitait de montrer ses papiers dans une cabine publique. La police a trouvé des traces d'effraction dans l'appartement situé non loin d'ici... C'était un type organisé et prudent. Ça vous met hors de cause aux yeux de BERNIER qui vous soupçonnait d'être dans le coup.
C'est incroyable!
Ne faites pas cette tête. ... Excusez-moi pour l'interrogatoire de l'autre nuit.
M. BURMA, vous avez tout du flic!

D'un café je passai un coup de fil du commissaire.
C'est râpé pour le poker. Je dois rentrer à Paris cette nuit ... ordre de militaires encore en exercice! Vous n'avez plus besoin de moi?
Non.
Rien de neuf du côté du voleur de sacs à main?
On a dû suspendre l'interrogatoire.
... Il a mal supporté le passage à tabac, j'imagine. Sapristi, ne le tuez pas!
HA! HA! HA! HA!
A vingt heures, j'arrivai chez COVET.
Le costard et le pardoque.
C'est carnaval?
Après avoir expédié un "repas" préparé par le pigiste, nous avons pris la direction de la gare.
TRAVAIL
FAMILLE
PAT
A BAS LES TRAITRES DE VICHY
A BAS LA COLLABORATION
VIVE LE GENERAL DE GAULLE
LE TRAVAIL DES FRANCAIS EST LA RESSOURCE SUPREME DE LA PATRIE
LES FAMILLES FRANÇAISES RESTENT LES DEPOSITAIRES D'UN LONG PASSE D'HONNEUR
Pour l'article, attendez cinq minutes, COVET... cette histoire n'est pas finie, et puis le PULITZER, ça se mérite: c'est pas comme le prix COGNAC, relations, magouilles et cie...
Mais que vous êtes chiant!

A vingt et une heures trente, nous arpentions le quai. Le buffet, mal éclairé, mal chauffé, mal approvisionné, ne nous tentait ni l'un ni l'autre.
Une heure de retard ! ...ça promet !
Avez-vous déjà vu un train qui soit à l'heure ?
SNCF
L'arrêt était de deux minutes. Je pris place et parvins à me caser sans trop de mal.
A BIENTÔT, COVET !
Bien l'bonjour chez vous, BURMA !

Juden!
Ist der Übertritt über die Demarkations Linie in das besetze Gebiet Frankreichs verboten
JUIFS!
Il est expressement interdit aux Juifs de traverser la ligne de démarcation pour venir en zone occupée.

Où qu'on est ?
Châlon-sur-saône... v'là les Fridolins. préparez les zozvaises!
O HALT!
Démarkationslinie

Samedi 13 décembre 1941, j'arrivai à Paris, parcourant le journal de la veille.
ARRÊT DES TRAINS
1re CLASSE
Le Petit Parisien
DANS UN RETENTISSANT DISCOURS AU REICHSTAG
Le Führer annonce l'entrée en guerre de l'Allemagne et de l'Italie contre les Etats-Unis
RADIO
LN-Werkstatt SURESNES
Ortslazarett Clamart (Percy)
Zentral-Ersatzteillager
Insp. d. Landesbef. Ob West
Zentra-Kraft Paris
Hauptverkehrsdirektion Paris
Krankenverteilungs u. Unfallmeldestelle
Ersatzteillager 26
Zentral
Feldzeuglager (N) 2
Der Militärbefehlshaber in Frankreich
O. Qu. West
General der Luftwaffe Paris
GL / Paris
Sanitätspark 541
H.K.P. 656
W.H. Zahnstation
Ortslazarett de la Pitié
Frankreich
H.K.P. 513 Vincennes
H.K.P. 513 Nachschub Kfz Ausgabe
Z.E.L. 46
PARIS SERA TOUJOURS PARIS

Platz Kommandantur
CAFE
Nestor BURMA Détective... Enquêtes, filatures recherches, surveillance. Agence FIAT LUX. ...3ème étage gauche!
CONSEIL EN GESTION
AGENCE FIAT LUX
NESTOR BURMA · DETECTIVE
3ème Etage.
Mme ROSINE
ATTOUCHEMENTS TIBETAINS
Atteindre la porte de mon domicile ne fut pas une mince affaire. Avertie de l'heure exacte de mon retour par un sixième sens, ma concierge m'attendait au pied de l'escalier. Elle me remit un paquet de lettres qui moisissaient dans sa loge, m'informa qu'elle avait fait le nécessaire en ce qui concernait l'électricité et le téléphone, etc... Force me fut ensuite d'échanger avec elle les banalités habituelles sur la "drôle de guerre" et la captivité.
Pauvre France!... dans quel état qu'elle est!
Ça!...
LA CONCIERGE
ABRI

Je repris contact avec mon appartement plus aisément que je ne l'aurais cru. Je me débarbouillai, me rasai, me changeai et donnai l'accolade à une vieille bouteille qui m'attendait depuis septembre 39.
FIAT LUX
Je passai dans mon bureau et appelai l'inspecteur FAROUX à la P.J. IL n'était pas là...
Dites-lui que Nestor BURMA est de retour!...
Nestor BURMA, l'homme qui met le mystère K.O, Dynamite BURMA détective de choc est de retour...
RRR
RR
R
OR BURM
ETECTIVE
N'ayant pu fermer l'oeil durant le voyage je m'endormis à ma table. A 17 heures la sonnerie du téléphone retentit.
DRIIING
ALLÔ?
Ce n'était pas Florimond FAROUX, mais la voix lointaine de Gérard LAFALAISE.
Notre ami a été victime d'un léger accident qui l'immobilisera pendant quelques jours. IL a été renversé par une des rares voitures qui circulent encore à Lyon.

C'est pas de la frime ?
Non. Je vous téléphonerai lorsqu'il ira mieux. Mes relations me le permettent... à condition que ce ne soit pas trop souvent.
LAFALAISE raccrocha. Je n'abandonnai pas l'appareil. En manœuvrant le cadran, je songeai qu'il était agréable de se livrer à cette opération sans avoir à exhiber ses papiers. J'appelai la Tour Pointue. FAROUX était là.
Nestor BURMA est de retour ! HA ! HA ! HA ! ... vous avez du pot, je rentre tout juste et j'allais repartir sans avoir le temps de vous téléphoner.
Où peut-on se voir dans... mettons une heure ?
Impossible ! ... pas avant demain, j'ai un boulot fou. Pas une minute de répit !
Vous avez reçu ma lettre relative à la rue de Lyon ?
Votre secrétaire ? ... rien de neuf de ce côté-là ...
Dites-moi, FAROUX, j'ai rencontré à Lyon, un de vos collègues qui est en train de faire tout ce qu'il peut pour décrocher prématurément sa retraite... Commissaire BERNIER, ça vous dit quelque chose ?
BERNIER ?... Non ça ne me dit rien. ... Bon, je vous laisse. BURMA, à demain chez vous, fin de journée ... vers 19 heures. Vous me raconterez comment on perd la guerre.

A 18 heures, je descendis faire un tour dans le quartier...
PASSAGE CHOISEUL
327 RMS
L'ŒUVRE
PARISER ZEITUNG
LA GERBE
Pierrot
Signal
Elle
Votre Cœur
Erika
Elégance Beauté Monde
J'achetai une brassée de journaux et de revues. Toutes sortes de revues : politiques, littéraires et même de mode et de beauté. Je manifeste un certain faible pour ce dernier genre de charmante publication.
Tiens donc !?...
TELEPHONE
ICI l'on vend le PLAT CUISINÉ
Avec les alertes il est impossible de prévoir l'heure de la distribution des plats cuisinés
La lecture d'*Elégance, Beauté, Monde* m'apprit que le Dr Hubert DORCIERES avait été libéré. On lui avait fait grâce de toutes les chinoiseries inhérentes à la démobilisation du vulgaire et il était à Paris depuis plusieurs jours. Le Studio E.B.M. était heureux d'informer son élégante clientèle que l'éminent chirurgien ... etc.
Vous avez, il y a un peu plus d'un an tiré ma sœur d'une situation délicate... une affaire de chantage. Vous en souvenez-vous ?
M'sieur BURMA, si vous cherchez des œufs, du cochon, du beurre ou du fromage, je peux vous trouver ça à bon prix. Si vous voulez de la crème fraîche, c'est chez le papetier. C'est que vous devez avoir faim après tous ces jours prisonnier !
Saleté de bignole !
Merci. C'est bien gentil à vous.

Notons à tout hasard l'adresse de la clinique du bon docteur DORCIERES
Le lendemain, ayant l'après-midi libre, j'en profitai pour faire quelques visites à mes anciens agents. J'appris que ZAVATTER était prisonnier, que LEBLANC était mort et que Louis REBOUL avait perdu un bras dès les premiers jours de la guerre...
COIFFEUR
MESSIEURS
ABRI
25 Places
Nestor!...
REBOUL!
Je revis REBOUL avec émotion. Je ne lui parlai pas de la mort de COLOMER, réservant ce sujet de conversation pour un autre jour. Je le quittai en lui promettant de lui confier quelques petites missions, le cas échéant.
DEUTSCHES SOLDATENKINO
EINTRITT FREI
BEGINN TÄGLICH 15 UHR
INTERDIT AUX CIVILS
HEUTE
DIE ROTHSCHILDS
PERE
GYMNASE
MACBETH
LE BOUT DE ROUTE
LE MAITRE DE FORGES
MON AMI
PARIS
SILENCE
LA VIE HEROIQUE de CHARLES de FOUCAULD
COLISEE
EDWIGE FEUIL
GEORGES RIGAUD
L'HONORABLE CATH
Un cinéma permanent jouait un film avec Madeleine MORLAIN...
J'entrai. Ça ne pouvait pas me faire de mal.
BROUILLARD AU PONT DE L'ALMA
Madeleine MORLAIN
ROBERT LAVIGUE
CETTE SEMAINE

A 19 heures j'étais de retour chez moi. Je n'étais pas entré depuis 5 minutes, que...
BOUM! BOUM! BOUM!
Ça, c'est FAROUX de la PJ
POLICE! OUVREZ! ...OU JE TIRE!
HA! HA! HA! Vous avez eu peur, hein ?
Toujours aussi rigolo, inspecteur! ... Et maintenant, dites-moi un peu ce que vous avez fait pour moi.
On a filé votre secrétaire, comme vous me l'avez demandé... Vous êtes devenu fou, ou quoi ?
Elle est comme tout le monde ... elle peut mal tourner du jour au lendemain.
Elle a été prise en filature avant-hier toute la journée. Elle est partie de chez elle à 8H30, s'est rendue directement chez "Lectout", en est sortie à midi. Elle a déjeuné au restaurant et repris son travail à 14H pour le quitter à 18H et rentrer chez elle. D'après sa concierge elle ne sort pas le soir, sauf le jeudi, jour du cinéma et passe le samedi et le dimanche chez sa mère. Elle y est en ce moment. Toujours d'après la concierge, elle ne s'est jamais absentée depuis son retour d'exode. Voilà... c'est un peu jeune pour en tirer des conclusions.
M'étais-je embarqué sur une fausse piste? "IL ne fallait rien négliger," comme avait coutume de dire le commissaire BERNIER, l'homme qui négligeait tant de choses...
Faut-il continuer de la surveiller ?
Oui.
Connaîtriez-vous ce type, par hasard ?
60202
Ah! Ah! Ah! ... Là-bas, aussi, vous aviez un service anthropométrique ?

On avait aussi des tas d'autres trucs : des miradors du fil de fer barbelé, des chiens de garde de la soupe de poussière... Un jour je vous ferai la liste ... vous serez éberlué !
Votre gars ne me dit rien.
Jamais vu ?
Non.
J'ai là les empreintes des dix doigts d'un type. J'aimerais que vous regardiez dans vos sommiers si elles n'y figurent pas déjà.
C'est le même individu, la photo et les empreintes ?
Non !
Je fis cette réponse à FAROUX par besoin maladif de mentir.
... c'est très sérieux. J'aimerais avoir la réponse assez rapidement.
Vous voulez que je refasse votre plomberie ? Que je repeigne votre chambre à coucher ? ... BURMA, vous attendrez cinq minutes ... on est submergés de boulot, en ce moment. C'est tout ? ...
Non ! ... IL me faudrait un port d'arme pour cet ustensile et un permis pour circuler la nuit. Je peux en avoir besoin.
C'est tout ?!
Oui. Vous pouvez disposer.
J'allais vous en demander la permission ... il se fait tard.

Dites-moi... le commissaire BERNIER dont vous m'avez parlé, est-ce le commissaire Armand BERNIER ?
Peut-être. Je n'ai jamais su son prénom.
FAROUX me détailla un signalement de BERNIER qui faisait honneur à ses capacités professionnelles.
C'est exactement ça !
Armand BERNIER, je l'ai connu autrefois, lorsqu'il était à Paris.
Dans l'espoir de me tirer les vers du nez, FAROUX me parla du commissaire pendant un bon 1/4 d'heure.
PHAEL
WIENER SCHRAMMEL KAPELLE
Le lendemain à 9 heures, je téléphonai à l'Agence de Presse Lectour. Hélène CHATELAIN n'était pas à son travail : la grippe. Je décidai de me rendre immédiatement à son domicile, 60, rue de Lyon.
Avant de sonner à la porte de l'appartement de mon ex-secrétaire, je collai mon oreille à la serrure. Ce procédé inélégant m'a parfois rendu de réels services. J'en fus pour mes frais...
DRRRiiiNNG
!?
PATRON ! ça alors...
H. CHATELAIN
FFFFFF
Qui est là ? demanda une voix rauque, entre deux reniflements.

Je ne vous embrasse pas, mais le coeur y est.
Vous craignez de me refiler votre grippe ?
Ça se voit tant que ça ?
Ne vous méprenez pas, patron. Je vous reçois dans ma chambre parceque c'est la seule pièce de l'appartement où il fasse chaud... Une tasse de thé avec du rhum ?...
Ce n'était pas une maladie diplomatique qui la retenait au lit... Elle était gaie et maîtresse d'elle-même. Nous parlâmes de la captivité, de l'exode, de Lyon, de Marc COVET...
COVET... Vous l'avez vu ?
A Lyon. Son journal est là-bas.
Je savais que LE CREPUSCULE était replié, mais j'ignorais dans quelle ville. Comment va COVET ?
Pas mal. J'ai aussi croisé MONTBRISON dans cette putain de ville de merde.
MONTBRISON ?!
Julien MONTBRISON. Un avocat. Il est venu une fois à l'Agence, il y a bien longtemps. Vous ne vous souvenez pas de lui ?... Un gros avec des bagues... un ami de Bob.
Ah !... Et COLOMER, qu'est-il devenu ? Je n'ai jamais eu de ses nouvelles.
Bob ?... Il est tranquille... Je l'ai revu, l'espace de quelques secondes. Il a été assassiné sous mes yeux en gare de Perrache.
ASSASSINÉ !...

Je lui donnai force détails dans la limite que je jugeai nécessaire et en faisant miennes les conclusions du commissaire lyonnais. Mon récit était semé de pièges dans lesquels elle ne tomba pas.
Pauvre Bob...
Croyant lui asséner un coup, je profitai de son désarroi pour la prier d'examiner la photo du matricule 60 202... Elle la regarda sans intérêt particulier et je fus obligé de reconnaître que son indifférence n'était pas feinte.
Qui est-ce ?
Un compagnon de captivité. Je croyais que vous le connaissiez.
Non. Qu'est-ce qui vous faisait supposer ça ?
Rien !
Quand me faudra-t-il donner mon congé chez Lecroût ?
Ne croyez pas que je sois sur une affaire... L'Agence est encore en sommeil. La guerre lui a porté un rude coup. LEBLANC mort, ZAVATTER prisonnier, REBOUL mutilé... et maintenant COLOMER...
Pauvre Bob...
Vers midi, je mis un terme à cette entrevue décevante et quittai le 60, rue de Lyon de fort méchante humeur et tout déconcerté.
Soit j'ai fait fausse route, soit Hélène se fout de ma gueule...
LEFEVRE-UTILE
CAFE VINS BIERE DE LUTECE TELEPHONE
Je m'embusquai dans un café proche et dévorai des yeux la porte de l'immeuble. A quoi rimait ce comportement idiot ? A une table voisine, un consommateur faisait de même... visiblement le flic mis en place par FAROUX.
Si la guerre finissait demain...
le Francsiste
SUR CE THEME le Chef du Francisme

AVIS
FRANÇAIS! AU SECOURS!
...TUT D'ETUDE DES QUESTIONS JUIVES . 21 RUE LA BOËTIE PARIS
AU PILORI
ADOLF HITLER
MEIN KAMPF
LOUIS FERDINAND CÉLINE
BAGATELLES POUR UN MASSACRE
TEXTE INTÉGRAL
LOUIS FERDINAND
L'ECOLE DES CADAVR
LES BEAUX DRAPS
Je passai ma journée à faire toutes les librairies que je trouvai sur mon chemin, à la recherche d'une carte d'état-major...
puis je fis un crochet par le 19ème arrondissement
En rentrant chez moi, après dîner, je trouvai un pneumatique de FAROUX. Il m'avait téléphoné sans succès tout l'après-midi et ne pouvant se déranger une nouvelle fois, il me demandait de passer au quai des Orfèvres vers 21H30...
Sacré FAROUX! ...il a identifié les empreintes!
AH!... Vous voilà, BURMA! Qu'est-ce que c'est que cette plaisanterie?... Vos empreintes sont celles d'un mort!!!
Je sais.
QUOI!!... et vous m'avez laissé fouiller dans nos fichiers à la recherche d'un cadavre? Et vous savez qui c'était?
Non.
Vous ne savez pas qui c'était?
Non!... et vous allez me l'apprendre.
Avec plaisir, BURMA!

Les empreintes sont celles de Georges PARRY, dit Jo TOUR EIFFEL, l'international, le roi des voleurs de perles, le roi de l'évasion! ... Ah! Ça vous la coupe! Hein?
LUNDI 15 DECEMBRE
QUOI!?
NOM DE DIEU!... JO TOUR EIFFEL!! ... Georges PARRY!!! Nom de Dieu de nom de Dieu, PARRY n'est pas mort en 38 bouffé par les crabes! ... Il y a un mois, il vivait encore! Vous avez le dossier de Jo avec sa tronche? ... Sortez-le!
Comparez cette photo à celle de PARRY!
Mais vous m'avez dit que les empreintes et votre type...
Ne vous occupez pas de ce que je vous ai dit!
L'homme que vous voyez sur ce cliché, et celui dont j'ai relevé les empreintes au stalag, c'est le même!
Vous plaisantez!... Vos empreintes offrent 17 particularités communes à chaque doigt avec celles de PARRY!
15 DECEMB
Alors aucune erreur, Jo TOUR EIFFEL et le matricule 60202 ne font qu'un!
Ce n'est pas le même homme!
SI!
... C'EST LE MÊME HOMME PARCE QUE C'EST SON CONTRAIRE! Regardez attentivement. FAROUX, faites un effort!
60202

La forme générale du visage est inchangée, mais le visage lui-même, sans tenir compte de la balafre et de la barbe, a subi certaines modifications.
... La bouche a été réduite, le nez de PARRY était concave, celui du prisonnier que j'ai connu est rectiligne, les ailes amincies. Quant aux oreilles, décollées chez JO TOUR EIFFEL, elles adhèrent au crâne chez le n° 60202. Georges PARRY, dit JO TOUR EIFFEL, n'est autre que le matricule 60202 dit LA GLOBULE, l'amnésique du stalag au regard vide. N'oubliez pas que LA GLOBULE est sous-alimenté, en état de choc ; de plus, il a perdu ses cheveux, mais il s'agit bien d'un seul et même homme : PARRY ! ... les empreintes en sont la preuve. Nous sommes en face d'un beau travail de chirurgie esthétique.
60202
Vous avez raison ! ... Quel est le fils de pute de toubib qui a fait ça ?
On avait pourtant bien identifié son cadavre en janvier 38, sur la côte de Cornouailles !
Le corps était à moitié dévoré, par les crabes. La police anglaise a pris ses désirs pour la réalité.
1941
15
... En tout cas, après sa "mort", Jo n'a plus fait parler de lui. IL voulait se retirer des affaires et vivre tranquillement de ses rentes ... d'où cette mise en scène. IL a eu recours, ensuite ou précédemment, aux bons soins d'un chirurgien qui lui a refait la gueule.
FAROUX réclamait des éclaircissements ... Je les lui devais. Je lui fis un récit détaillé de cette sombre histoire, en passant toutefois sous silence l'épisode relatif au sosie de Madeleine MORLAIN.
Résumons, BURMA. ... vous rencontrez PARRY au stalag en état d'amnésie ... non simulée ?
Absolument non simulée !

Au moment de mourir, PARRY recouvre la mémoire, l'espace d'un éclair, le temps de dire : Hélène... et la mystérieuse adresse.
Dites à Hélène ... 120 RUE DE LA GARE...
!?
Je lui demande : PARIS ? IL croit que c'est son nom que je prononce et me fait un signe affirmatif. IL n'y a donc rien à glaner rue de la Gare dans le 19ème arrondissement, où d'ailleurs le 120 n'existe pas...
PARIS ?
A
Vous arrivez à Lyon en gare de Perrache juste à temps pour assister à l'assassinat de COLOMER qui meurt sous vos yeux en hurlant la même adresse. Croyez-vous qu'il avait découvert que PARRY était vivant ?
PATRON!!! 120 RUE DE LA GARE...
Oui... c'est le seul lien qui semble rattacher les deux affaires. Pour en savoir plus sur la vie que menait COLOMER à Lyon, je m'adresse à un détective privé, Gérard LAFALAISE, mais sa secrétaire bavarde et...
...un ex-complice de PARRY : JALOME, qui travaille dans l'agence de LAFALAISE sous le nom de CARHAIX, tente de me foutre dans le Rhône.
C'est un prudent, ce CARHAIX. Vous avez vu le contenu de son portefeuille... pas de papiers compromettants, et cet appartement bien rangé... Mais les plus prudents oublient parfois quelque chose qui les conduit à l'échafaud !
D'après le commissaire BERNIER, JALOME serait l'assassin de COLOMER. Je ne crois pas. IL était prudent, certes... bien trop pour laisser traîner un pistolet dans ses godasses !

Je ne crois pas que JALOME ait tué COLOMER, mais je suis persuadé qu'entre minuit et 4H30, heure à laquelle eut lieu notre visite à son domicile, quelqu'un d'autre a séjourné dans l'appartement.
Vous avez des preuves ?
... Des présomptions !
1941
15
15
DECEMBRE
Qui est, selon vous, ce visiteur ?
L'assassin de COLOMER, l'homme qui m'a dépêché JALOME !
On peut supposer qu'il attendait pas très loin du pont de la Boucle le résultat de la rencontre ... Il a dû entendre un plongeon et nous voir passer COVET et moi, sortis frais et roses du guet-apens... Craignant une perquisition inévitable tôt ou tard, au domicile de son homme de main et la découverte de documents compromettants, il va à l'appartement de son complice - dont il doit posséder une clef - et... nettoie. Il laisse misérablement cachée, l'arme du crime de Perrache, afin de faire croire que JALOME est le meurtrier de COLOMER. Le pistolet ne peut permettre d'identifier son véritable possesseur. Il est de fabrication étrangère, acheté et passé en fraude. On peut s'en débarrasser sans risque.
A 22H30 je quittai FAROUX.
Je suis convaincu que la solution de l'énigme réside en zone occupée. COLOMER s'apprêtait à franchir la ligne et je n'ai jamais cru une seconde qu'il cherchait à fuir... Ça, c'est une idée de BERNIER.
Quand bien même COLOMER aurait découvert que CARHAIX était JALOME, ex-complice de Jo TOUR EIFFEL et VILLEBRUN (et on ne voit vraiment pas en quoi cela pouvait l'intéresser) il n'aurait eu, pour sa sauvegarde, qu'à en informer la police...

J'estimais ne pas avoir perdu mon temps en regagnant Paris, ça m'avait permis d'identifier l'amnésique du stalag et de voir d'un peu plus près Hélène CHATELAIN...
AVIS important
Befehl
Ordre
Bekanntmachung
Der Angeklagte
Jacques TARDI
TODE
ERSCHOSSEN.
Das Kriegsgericht
ARRÊT de la Cour Martiale
Jacques TARDI
PEINE DE MORT
FUSILLÉ
La Cour Martiale
... et puis FAROUX m'avait donné ce que je lui avais demandé : le port d'arme et le permis pour circuler la nuit.
CITÉ
STATION INTERDITE AU PUBLIC PENDANT LES ALERTES EN RAISON DU DANGER D'OCCUPATION
QUINQUINA
Hélène n'est pas dans le coup. Mon équation 120, rue de la Gare = 60, rue de Lyon, ne tient plus... 120, rue de la Gare ne doit pas vouloir dire autre chose que 120, rue de la Gare... et c'est pas ce qui manque en France... une par agglomération. Quant au prénom Hélène...
A propos de votre secrétaire : ce matin, un type est sorti de chez elle et s'est mis en faction dans un café situé en face du 60. Il n'est pas resté longtemps mais semblait surveiller son immeuble. Mon homme a regretté de ne pouvoir le suivre.
C'était moi !
L'inspecteur décida de continuer à faire surveiller Hélène... Ces flics étaient tous les mêmes, plus la piste paraissait fausse, plus ils s'y accrochaient.
CYBO
MÉDOC
LA GERBE
REFUGE
TÉLÉPHONE
ACCES INTERDIT AUX JUIFS
LA LUNE
MARTI
Je demandai à FAROUX s'il pourrait me procurer une carte d'état-major de la région de Château-du-Loir... J'avais envie d'aller voir dans le coin où PARRY avait été fait prisonnier s'il n'y avait pas une rue de la Gare...

Saleté de concierge !
Ma porte est ouverte !... On a visité mon appartement ! ... Eh, mais on dirait que le type est toujours là, il y a de la lumière dans mon bureau...
CHARCUTERIE
Tout l'immeuble en zone nono, beau temps pour les cambrioleurs !...
BUREA
Arrête de bouziller ce meuble, il ne contient que des factures impayées !... et lève bien haut les mains au-dessus de ta tête, connard !
CLIC
... et merde !, ... merde merde !

?!
Tiens donc !?
Quoi d'neuf BÉBERT?
Ça pourrait aller mieux ! Je reviens de Kommando et j'ai manqué y laisser la pogne. Y'a plus que deux doigts à cette paluche !
BÉBERT !!! ... Surtout, te gêne pas !
BURMA !!
T'AS TOUT D'UN FLIC !
Je m'étais pas gouré au stalag, quand t'as pris les empreintes à LA GLOBULE ! Quand j'ai vu ta plaque sur la porte, j'ai tout de suite fait le rapport... et ça me faisait plutôt plaisir de casser un flic privé... Tu veux que je te dise... déjà que les vrais bourres, c'est des crevures, les privés, c'est trois fois pire ! Allez, vas-y, appelle tes collègues, je suis bon !
Mon intention n'est pas de te livrer à la police. ... mais à propos de LA GLOBULE, tu as été fait prisonnier en même temps que lui, d'après ce que tu m'as raconté... hein ?
Un peu que j'y étais ! Où tu veux en venir ? ... Qu'est-ce que t'as encore comme idée tordue ?
R BURMA
ECTIVE
Ça s'est passé à Château-du-Loir, tu m'as dit... Eh bien, BÉBERT, demain nous irons tous les deux faire un tour dans ce bled !

Pour la nuit, je fus obligé d'attacher BEBERT sur le divan du salon... je ne voulais pas prendre le risque qu'il me fausse compagnie. Et puis, je téléphonai à REBOUL, lui demandant de venir s'installer chez moi dès le lendemain matin afin d'intercepter un éventuel coup de fil de LAFALAISE.
Le voyage se fit sans encombres. BEBERT passa son temps à me piquer mon tabac et à m'assommer avec ses considérations à la con sur les détectives privés. Je fus soulagé d'arriver à Château-du-Loir.
Tu es sûr de pouvoir reconnaître l'endroit où tu as été fait prisonnier?... on n'est pas venus dans ce trou pour rien, j'espère...
C'est ton idée, non?!
SORTIE
Passe-moi du gris que je m'en roule une petite.
Tu nous les casses, BEBERT!.. achète-toi du tabac!!
Avec quoi?
Ramasse les mégots!

J'avisai un hôtel de second ordre où je retins un chambre à deux lits. Avant de nous mettre en campagne, je téléphonai mon adresse à REBOUL et m'informai auprès de l'hôtelier d'une eventuelle rue de la Gare. J'essuyai une réponse négative.
HOTEL
...En route! Allez BEBERT, cherche!
BEBERT se planta au milieu de la rue pour s'orienter... Nous filâmes vers le sud-ouest.
Tu vois ce paquet de gris? ...il sera à toi lorsque tu auras trouvé l'endroit!
T'as tout du flic BURMA!!!
CHÂTEAU DU-LOIR
Ah quelle tristesse, quelle horreur, quel ennui! ...et toute cette boue. Je déteste la campagne BEBERT.
C'est bien l'seul point commun qu'y a entre nous!

Le paysage était loin de celui qu'avait dû connaître BEBERT sous le soleil de juin... allait-il s'y retrouver ?
Je suis paumé !
On verra ça demain... Rentrons.
Le lendemain, avant de poursuivre nos recherches, nous nous lestâmes d'un solide petit déjeuner. La campagne avait du bon ; les restrictions ne s'y faisaient pas trop durement sentir. Je montrai la photo du matricule 60202 au patron de l'hôtel, qui l'examina attentivement.
SUZE
GENTIANE
VIANDO
Ce type-là ne vous dit rien ?
Non !
Vous me dites que ce monsieur habitait dans le coin... je peux pas vous dire... Y'a qu'un gars qui aurait pu vous renseigner, y connaissait tout le monde à dix kilomètres à la ronde, seulement il est au cimetière et pas comme gardien ! ... c'était le père COMBETTES.
LA FERTÉ-COMBETTES ! Ça y est !... j'y suis !... LA FERTÉ-COMBETTES ! J'ai vu ce nom-là, le nom d'un bled, sur un panneau, dix minutes après que les Fritz nous aient poirés !...
Ah ! La neige ! y manquait plus que ça !
En route, BÉBERT, tu tiens le bon bout ! Cinq kilomètres à pince, il a dit le taulier. Ça va nous réchauffer !
...Et voilà le patelin ! Aboule le paquet de gris !
Pas encore.
Je me souviens, on a traversé le village, encadrés par les Boches. On venait de ce côté-là.

Je reconnais cette ferme. C'est ici que les Schleus nous ont regroupés. Il y a un étang juste derrière.
L'étang !
Je m'en fous de l'étang !
Quelques minutes plus tard, BEBERT me montrait le panneau qu'il avait remarqué peu après sa capture...
Tu vois ?
LA FERTÉ-COMBETTES
1KM
Je vois !
C'est ici qu'on était !... Dans ce bois ! Regarde, je te raconte pas des salades, un casque du Génie !
Ça ne m'intéresse pas ! D'où sortait LA GLOBULE ?
On allait à la ferme, LA GLOBULE, y venait de là, sur ce chemin, à moitié à poil, les pieds roussis, la gueule en sang, mariolle comme pas deux !
Le paquet de gris sale pute de flic !
Chercher un indice dans cet endroit, un an après l'événement, était une entreprise folle !... Je m'en rendais bien compte !!!

LA GLOBULE essayait de traverser le chemin en rampant.
Donc, il sortait de ce bois !
On dirait que le bois s'arrête là.
Tiens donc... une propriété ? Allons voir !
Le portail est ouvert. Tu rappliques, BÉBERT !
On fait un casse ?
AH! AH! Je crois bien avoir trouvé ce que je cherchais !
Ça a l'air fermé.
Ça ne devrait pas poser de problème... Tu vas nous ouvrir la porte ! ...Après tout, c'est ton boulot.

!
... Et voilà l' travail !
Oh ! Travail soigné !
CLANG !
Une odeur de renfermé, de moisissure et d'abandon nous accueillit. Nous visitâmes la maison de la cave au grenier.
Ouvre les volets, BÉBERT, on n'y voit rien !
La cheminée de la bibliothèque recelait en son foyer un amas de cendres et des grosses bûches à demi calcinées.
... Pas nécessaire d'être Nestor BURMA, l'homme qui met le mystère K.O., pour conclure qu'on y avait fait du feu !
Ta date de capture par les Fritz, BÉBERT ?
1940
21 JUIN
Je te l'ai déjà dit cent fois : le 21 juin !
Et c'est le jour où tu as vu pour la première fois LA GLOBULE, pas vrai ? ... Tu m'as dit qu'il avait mal aux pieds... ?
Ouais !.. les panards en compote. Tout roussis !
Je savais, par expérience, que le premier geste de quiconque se trouve en présence d'un calendrier « en retard » est de le mettre machinalement à jour.
... Celui-ci, arrêté à la date du 21 juin, ne semblait pas avoir été regardé par d'autres yeux que les miens depuis ce jour-là.
... De plus, j'avais la conviction qu'on avait fait du feu dans cette pièce... précisément le 21 juin 1940 ... un an et demi plus tôt !!

Qu'est-ce que tu fiches ?
J'ramasse les mégots, mon pote ! ... y en a des pleins cendriers... du tabac blond un peu humide. Une fois au sec, ça fera l'affaire.
IL ne faisait aucun doute que nous nous trouvions dans un domicile de JOTOUR EIFFEL. Les livres de la bibliothèque n'avaient trait qu'aux amusettes enfantines dont il était friand. IL y avait aussi, mis à part quelques bouquins licencieux, des publications à usage professionnel, c'est-à-dire de Droit et de Criminologie et une importante collection de journaux relatant ses exploits... Je ne mis la main sur aucun papier intéressant.
...Dans cet ouvrage... une photo du sosie de Madeleine MORLAIN ! ... Tiens... tiens..?!
JACK PALMER
MA VIE MON OEUVRE
On eût dit que le fauteuil d'osier placé face à la cheminée, avait été installé là par un extraordinaire frileux... Autour du meuble, de solides cordelettes jonchaient le sol.
BÉBERT, on s'en va !
J'observai une curieuse éraflure sur le côté droit du dossier, à hauteur de l'endroit où se trouverait la joue d'un homme assis dans ce siège. Entre deux tiges d'osier, je remarquai un morceau de verre que j'extirpai et mis en sûreté dans mon portefeuille...
Une tragédie s'était déroulée dans ce lieu sinistre, alors qu'alentour la guerre faisait rage. Le bruit de la canonnade et le tac-tac-tac des mitrailleuses avaient couvert les cris de douleur d'un gangster soumis à la torture.

On se tire, BURMA!... Y'en a marre de la cambrousse!
Qu'est-ce qu'on fout?.. t'as de la famille dans ce bled?
un renseignement à demander et on se fait la malle!
Je ne pouvais pas mieux tomber en frappant au hasard à la porte du ménage MATHIEU. La maison isolée appartenait à un certain M. PEQUET. Le père MATHIEU reconnut l'amnésique comme étant celui-ci...
C'est bien lui sur votre photo. C'est bien M. PEQUET. C'était un original. Y voyait personne, y recevait personne, y vivait retiré. On l'a bien connu, ma femme et moi
PEQUET s'était installé dans le coin en mars 38. Depuis cette date, les MATHIEU avaient travaillé comme domestiques à la maison isolée. Le 20 juin 1940 au matin, ils avaient été visités par le monsieur qui, en 38, les avait engagés pour le compte de PEQUET. (Ils se souvenaient parfaitement de la date, un de leurs parents étant mort le jour même.)... Il leur paya trois mois de gages. PEQUET n'avait plus besoin d'eux.
L'employeur des MATHIEU avait décidé de gagner le Midi. Ce départ ne les surprit pas. Il était compréhensible. Depuis la veille, le canon s'était rapproché...
Dommage que le vieux n'ait pas pu me décrire le type qui l'a engagé et viré! ...Ce gars-là semblait s'occuper des affaires de PEQUET.
Si tu savais ce que je m'en fous, tu m'en causerais même pas!...
WH-199

Nous regagnâmes Château-du-Loir, juste à temps pour prendre l'autorail de Paris.
POPULATIONS abandonnées.
confiance ALLEMAND
... Pas trop tôt qu'on rentre, Nom de Dieu! ... La campagne, quelle merde!
De quoi tu te plains, BÉBERT? ... Ça t'a fait prendre l'air!
Je réglai mes comptes avec BEBERT. Il avait déjà reçu son paquet de gris, je décidai de lui donner en sus deux cents francs ... Il les avait bien mérités.
Où tu te crois, mon poulet? ... Je reçois pas de blé d'un flic! ... C'est du pognon dégueulasse. Tu veux un mégot pour bourrer ta pipe?
WATERMAN Encre
Ça va... ça va...
20H30, Gare Montparnasse ... Je n'étais pas fâché de retrouver Paris et de me débarrasser de BÉBERT... ce dernier commençait à m'agacer sérieusement!
48
PONT NEUF

Je réintégrai mon domicile. Fidèle au poste, REBOUL m'attendait en mâchonnant un cure-dents à deux pas du téléphone.
PONT NEUF 2720
48
Alors?
Bonsoir, patron. Je viens juste de téléphoner à votre hôtel à Château-du-Loir. Vous étiez déjà parti... LAFALAISE a appelé de Lyon.
Alors?
DETECTIVE
Voilà ce qu'il m'a dit : « Notre ami est rétabli de son accident - une chute sans gravité - il prendra ce soir le train pour Paris. Il arrivera vers neuf heures et demie, dix heures, demain matin. » ... Voilà !... Il était plutôt méfiant, votre copain lyonnais...
Parfait, parfait. Vous irez demain à la gare attendre le type en question. Vous le prendrez en filature et me communiquerez son adresse. J'ai justement une photo de lui qui va nous être très utile. Je vais vous la donner.
Bon.
J'ouvris le secrétaire et lui tendis une coupure de presse.
C'est lui!
Bon.
Ah... L'inspecteur FAROUX a téléphoné, peu après mon coup de fil dans la Sarthe. Je lui ai dit que vous étiez sans doute dans le train. Il voudrait que vous l'appeliez dès votre retour.
Il est bien pressé de connaître le résultat de mon expédition! ... Il attendra. REBOUL, tirez-vous avant le couvre-feu et bonne chance pour demain.
Bonsoir, patron.

Le lendemain, j'allai à la Bibliothèque nationale compulser divers périodiques et notamment CRIME ET POLICE une revue qui fournissait sur les criminels, célèbres ou non, les plus nombreux détails...
ABRI
...assez satisfait, je flânai sur les grands boulevards avant de rentrer chez moi.
A cette époque, les criminels n'étaient pas que dans les revues de la B.N. ...ils organisaient d'infâmes manifestations, annonciatrices des pires atrocités.
EXPOSITION
LE JUIF ET LA FRANCE
LE JUIF ET SON EMPRISE DANS TOUS LES DOMAINES
LA FRANCE ET SES PREMIERES MESURES
EXPOSITION LE JUIF ET LA FRANCE
Vers 14 H, je trouvai REBOUL devant la porte de mon immeuble.
Alors, ça s'est bien passé ?
Heu...
J'ai bien repéré votre type, mais je l'ai perdu dans le métro, le temps d'acheter un ticket... J'avais pas de monnaie... l'employée m'a fait poireauter... J'aurais dû avoir un carnet ! Patron, depuis qu'on m'a amputé, je ne suis plus bon à grand-chose... C'était une filature en or, il ne se doutait de rien. Sans cette histoire de ticket.
Ça va ! ça va... rentrez chez vous !
AGENCE FIAT LUX
NESTOR BURMA
...Bref, lorsque REBOUL était arrivé sur le quai, la rame emportant notre client était partie depuis longtemps. L'essentiel était que notre "ami" ne se soit pas douté qu'il était suivi.
Crétin de REBOUL ! ... et merde ! Quel con ! Enfin, tout n'est peut-être pas perdu... il est même possible que notre "ami" me rende visite.
A 15 H, j'appelai FAROUX...
C'était bien, la campagne ? Ne bougez pas de chez vous, BURMA. J'arrive tout de suite.
DRRiiiNG
?!
Je vous laisse, on sonne !
COVET !
Ma première visite est pour Nestor BURMA ! HA ! HA !
IL était 15H 05 lorsque le pigiste franchit la porte de mon appartement.

Le journal remonte à Paris. LE CREPUSCULE va reparaître dans la capitale ! C'était dans l'air depuis quelques mois et maintenant c'est fait. Me voilà !
Quelle bonne nouvelle ! Ça va égayer les jours sombres que nous traversons. Mais dites donc, COVET, vous boitez ! Vous avez eu un accident ?
Arthrose !... une vieille arthrose qui se réveille de temps en temps... très douloureux ! Je me suis cassé la gueule en pleine rue, il y a cinq jours. Une chute sans gravité mais je me suis couvert de ridicule devant des lycéens.
... Fait pas bon vieillir !... Quoi de neuf dans cette sinistre ville de Lyon ?
La police lyonnaise a convoqué dans un de ses commissariats un cadavre ! Celui de notre ami CARHAIX-SALOME !
?
Avant-hier, le commissaire BERNIER a été informé qu'un agent de police avait déposé, au domicile de notre assassin, une convocation au commissariat de son quartier : infraction aux règles d'obscurcissement urbain. Dans la nuit du 10 au 11, qui est celle du guet-apens pont de la Boucle, un agent patrouilleur prétend avoir vu à 2H du matin, de la lumière chez CARHAIX. Mais où était CARHAIX à cette heure ? ... dans le Rhône !
Depuis 90 minutes, à peu près...
C'est ce que BERNIER a dit à l'agent... depuis, il n'est plus très sûr de ne pas s'être gouré d'heure, d'étage ou de logement.
Très intéressant...
... S'il s'est trompé d'heure, c'est la lumière que nous faisions vers 4H du matin lors de notre visite chez CARHAIX... Nous l'avons échappé belle.
Et s'il ne s'est pas trompé d'heure ?
C'est pas compliqué, COVET ! ... entre le plongeon de CARHAIX et notre visite à son domicile, il y avait quelqu'un d'autre chez lui ! ... Vous voyez, c'est pas compliqué.

COVET me laissa son adresse et partit au moment précis où FAROUX arrivait.
CHARCUTERIE
Qui c'était?
Rien... un journaliste. Ce bibi vous va à ravir! Vous avez mis ça pour plaire à l'occupant?
Je fis part au flic du résultat des recherches effectuées à Château-du-Loir.
Pour une raison ou pour une autre, dans le but de lui arracher un secret, de lui faire avouer je ne sais quoi, des hommes torturent JO TOUR EIFFEL en lui grillant la plante des pieds dans la cheminée. Au lieu des révélations attendues par les tortionnaires, ce traitement provoque l'amnésie.
Tenez, lisez ce passage, FAROUX... C'est une étude sur le sommeil. Les observations médicales et vulgarisées d'un carabin vaguement prof de Faculté.
quelque chose ne marche pas à souhait,
Nous constatons que l'homme, lorsqu'il est en butte à un danger, ou
lorsqu'il a à faire face à de gros soucis, a une tendance, sinon à faire le
mort, du moins à s'endormir, ce qui est un moyen de se défendre de la
réalité pénible, de s'en défendre en fuyant. Il existe une « fuite dans le
sommeil ». Ce phénomène bien intéressant a été constaté par divers
auteurs... Voici d'abord le cas d'un négociant. Un jour, comme il était
au téléphone, appréhendant de mauvaises nouvelles, il s'endormit
subitement, le cornet à la main. Autre cas : un jeune homme, à la suite
de conflits avec son père, présentait un impérieux besoin de dormir.
Plusieurs fois, au moment où apparaissait le père, le fils tombait
endormi. Une dame très intelligente et énergique tombe endormie
lorsque quelque chose ne marche pas à souhait, lorsque par exemple
ses leçons de chant vont de travers. Un étudiant, interrogé par un
examinateur sur une matière qu'il n'a qu'imparfaitement étudiée,
s'endort pour ne pas avoir à répondre à la question,
Bon!... et alors?
Comment ça... et alors?! Sous l'effet de la torture, au moment où Jo pressent qu'il va parler, son psychisme, en une réaction de défense, fait un violent effort pour oublier!... pour dormir, puisque dormir c'est oublier! Cet effort intervient après plusieurs heures de tourment - c'est le 20 qu'un homme a congédié le ménage de domestiques - cet effort compromet l'équilibre, provoque un traumatisme qui engendre l'amnésie définitive!
Et alors?

Ce n'est que plus tard, au stalag, au moment de sa mort, que le phénomène inverse se produit. Les premières paroles conscientes qui lui viennent aux lèvres sont justement - et j'en mettrais ma main au feu - celles que ses bourreaux n'ont pu lui arracher : une adresse ! 120, rue de la Gare...
Ouais... le côté "scientifique" de votre argumentation est du plus bel effet... mais...
... c'est pas tout... IL y a eu du nouveau en votre absence... Hier, votre secrétaire n'est pas allée travailler. Elle est allée se promener, toujours suivie par un de mes hommes. Porte d'Orléans, elle a arrêté un vélo-taxi, pour se faire conduire où ? Je vous avertis, ça va vous en foutre un coup !! ... pour se faire conduire où ?
OÙ ?
... RUE DE LA GARE !!!
MERDE !
FAROUX indiqua l'adresse d'Hélène CHATELAIN à son chauffeur.
BURMA, il faudrait envoyer une commission rogatoire perquisitionner dans cette maison isolée et recueillir la déposition des larbins. Pour ça, il faut mettre le chef au parfum ! Nous ne pouvons continuer plus longtemps à travailler en cachette...
... Voyez les problèmes que ça pose : sans mission régulière, mon agent n'a pu réquisitionner un taxi pour suivre la CHATELAIN... il a abandonné la filature... Voyez où ça nous mène !
Mmh...
Attendez encore deux ou trois jours avant de mettre votre patron dans le coup...

Rue de Lyon, Hélène n'était pas chez elle. La concierge nous dit qu'elle avait dû profiter de son dernier jour de congé pour faire des courses. Nous allâmes au bistrot d'en face. Un limier de FAROUX y attendait l'heure de la retraite.
CAFE VINS BIERE DE LUTECE
MARTIN a suivi la poule. Il n'a rien dû se passer de grave, sinon il aurait téléphoné.
A 19 H, MARTIN pénétra dans le bar, visiblement excédé...
La môme vient de rentrer! Je l'ai suivie de la Samar au Louvre, du Louvre aux Galeries, des Galeries au Printemps. J'en ai plein l'cul!
FAROUX congédia les deux limiers...
Allons-y! On monte chez la gonzesse. Toi, Charles, tu nous attends dans la caisse.
D'accord!
Tiens!... Patron! ...Heu... qui est ce petit gros, là avec vous?
Un flic!
Quelle horreur!
...Ecoutez, mon petit lapin, vous êtes filée par la police depuis plusieurs jours! Alors trêve de plaisanteries!
Filée!... et pourquoi donc?

Votre grippe est guérie, on dirait !... Hier, qu'êtes-vous allée faire rue de la Gare ? ... et où se trouve cette putain de rue ?
Rue de la Gare...?! ... mais c'est au sujet de Bob !
C'est au sujet de Bob que vous êtes allée rue de la Gare ? Expliquez-vous ! Où est cette rue de merde ?
... En banlieue ! À Châtillon !
Vous êtes allée au 120 ?
J'en sais rien... un pavillon au bout de la rue, chez les parents de Bob.
Vous vous foutez de moi ?
Les parents de Bob habitent rue Raoul UBAC, n°18 ! J'ai vu ça sur une carte interzone qu'ils avaient envoyée à COLOMER !
HA !! ... ça vous la coupe, hein, mon petit ? ... ALORS ?
Alors ?... Nous avons raison tous les deux ! La rue Raoul UBAC est le nouveau nom de la dernière portion de la rue de la Gare... Jusqu'à hier, j'ignorais ce détail. Avant l'armistice, ça s'appelait encore rue de la Gare. Je connais l'endroit pour y être allée plusieurs fois avec Bob !
Ouais... ... Et qu'êtes-vous allée faire chez les parents de COLOMER ?
Ouais ?..
Une visite de condoléances. Ce sont de pauvres vieux. Le père COLOMER est au lit depuis qu'il a appris la mort de Bob... pas de veine, il travaillait depuis peu comme gardien de nuit à la Sade.
?
QU'AVEZ-VOUS DIT ?

J'ai dit que le père de COLOMER était gardien de nuit à la SADE. Société Anonyme de Distribution de je ne sais quoi... et ça se trouve rue de la Gare, pas très loin de chez eux !
Au 120 ?
J'en sais rien !
Cette rue à la con est suffisamment longue pour comporter ce numéro ?
Je crois.
Filons !
Monsieur BURMA, ne revenez pas ici sans vous préparer à me faire des excuses !!
Ne bougez sous aucun prétexte... et je vous avertis que partout où vous irez, vous serez suivie !
Charles, direction Châtillon ! ... C'est ça, BURMA, éclairez-moi.
FAROUX, on commence à y voir clair.
COLOMER tombe en possession d'un cryptogramme... un rébus qui l'amène à faire des recherches dans les œuvres de SADE à la bibliothèque municipale de Lyon.
Mmh...

Comment a-t-il eu cette devinette entre les mains ?
... Ça, je n'en sais encore rien. Toujours est-il que le rébus dit ceci :
EN VENANT DU LYON, APRÈS AVOIR RENCONTRÉ LE DIVIN ET INFERNAL MARQUIS, C'EST LE LIVRE LE PLUS PRODIJIEUX DE SON OEUVRE.
COLOMER potasse les bouquins indiqués par le critique littéraire du CREPUSCULE et ça lui donne le numéro 120 !... à cause des 120 JOURNÉES, ouvrage "prodigieux" d'après l'auteur d'un des livres compulsés par Bob, qui avait souligné cette appréciation.
Après avoir complété cette carte strictement réservée à la correspondance d'ordre familial, biffer les indications inutiles. — Ne rien écrire en dehors des lignes.
ATTENTION. — Toute carte dont le libellé ne sera pas uniquement d'ordre familial ne sera pas acheminée et sera probablement détruite
Châtillon le 15 Novembre 1941
Nous somme en bonne santé malgrés le froid
Papa et moi légèrement, gravement prisonnier.
grippés J'espere que tu va bien
ici la vie est difisile surtout
de a cause de l'aprovisionement
c'est la guerre c'est triste ton père
Eureusement que
a trouvé du travaille come gardien de
nuit a la société anonime
de distribution deaux c'est le toujours
ça. Prend bien soin de toi. Nous t'embrassons
de tous coeur notre petit Bebert
Affectueuses pensées. Baisers.
Signature Maman et Papa 36219
Trois semaines avant d'être abattu, COLOMER reçoit une carte interzone de ses vieux - il l'avait dans son portefeuille le jour de sa mort - l'informant que son père a trouvé du boulot à la S.A.D.E. Je l'ai eue entre les mains, mais ça ne m'a pas sauté aux yeux, vu le nombre de fautes d'orthographe.
... mais ça lui donne le nom de la rue ! Il connaît bien le coin, il est né à Châtillon... et Bob est sûr qu'il s'agit bien de cette banlieue dégueulasse, à cause du Lion qu'il a mal orthographié (c'est héréditaire) en recopiant le rébus !
?

C'était bien : du Lion, et non pas de Lyon ! ... Toujours cette putain d'orthographe des COLOMER ! ... ça m'a foutu dedans !
Nous enfilâmes l'avenue d'Orléans à vive allure.
Le Lion ... En venant du Lion (Le Lion de Belfort) et après avoir rencontré le divin et infernal marquis (S.A.D.E) c'est le livre le plus prodigieux (120). La maison où nous allons est située au-delà de cette Société Anonyme de Distribution des Eaux, en venant de Paris.
A Alésia, le chauffeur stoppa, sortit un plan d'une sacoche et l'examina, supervisé par l'inspecteur...
Avenue de Châtillon, ensuite route de Rambouillet...
... arrivés à Maison-Blanche, on tourne à gauche et la première à droite, c'est la rue de la Gare. Allons-y !
On y va, chef !
FAROUX... dire que c'est si près et que la première fois qu'on m'a causé de cette rue, c'était entre Brême et Hambourg !
... Eh oui, mon pauvre BURMA, y'a des gens comme ça... où qu'ils foutent les pieds, y'a toujours des coups tordus qui les guettent !

Ouais... tout ça ne nous dit pas comment ce rébus est tombé entre les pattes de COLOMER, ni pourquoi il l'a recopié... Comment il a deviné l'importance de cette adresse ? Pourquoi il a rattaché tout ça à Jo TOUR EIFFEL ? et celui-là, pourquoi ses tortionnaires lui ont laissé la vie sauve ?.. Hein ?...
Juin 40... ça bardait à La Ferté-Combettes. Les Allemands n'étaient pas loin. Les types occupés à griller les pieds de Jo risquaient de se faire poirer par les Fritz et ne tenaient pas à laisser un cadavre dans la maison isolée. De plus, ils avaient dû s'apercevoir que Jo avait perdu la boule... ils l'ont viré dans un bois où les bidasses du 6ème Génie l'ont ramassé...
21 H. Le black-out était absolu.
UUUUUUUUUUUU
A peine étions-nous arrivés Porte de Châtillon, que les sirènes mugirent lugubrement.
Une alerte !... Et merde, encore les rosbifs qui bombardent! ... font chier, ceux-là!
FAROUX, j'ai toujours pensé que vous étiez du mauvais côté!

Plus vite, Charles ! Tu traînes !!! Plus vite !!!
Inspecteur FAROUX, vous avez autre chose à faire, ce soir ?
Je vous emmerde, BURMA !
Si on arrive au 120 avant la fin de l'alerte, on a des chances de trouver ses habitants à la cave, en train de chier dans leur froc... Ça nous permettra de visiter tranquillement les étages.
A gauche avant le pont, Charles !... Nom de Dieu ! pourvu qu'ils bombardent pas la gare... On va juste à côté !

Au bout, à droite!
C'est encore loin?
Si on s'est pas gourés, c'est dans le prolongement de cette rue.
Si on s'est pas gourés?!!! Qu'est-ce que ça veut dire? FAROUX, vous savez lire un plan, au moins?
RAUS ODER BLEIB UND STIRB
CHATILLON
Nous y sommes! C'est le tronçon qui a changé de nom!
RUE RAOUL UBAC
RAUS
Eteignez cette torche, BURMA!
Par mesure de sécurité, je fis stopper afin de vérifier le nom de la rue...

S.A.D.E
Le Divin Marquis!! Continuons, ça ne doit plus être très loin.
RUE DE LA GARE
115
117
119
Du calme! ... du calme!
ENFIN!!!
120

Inspecteur! ... la petite fenêtre là-haut! y'a de la lumière!
... ça a l'air abandonné.
Vous appelez ça de la lumière? Vite, FAROUX! Ça flambe!
?
Allons-y!
?
Je crois qu'on est venu ici avant nous!
Le portail s'ouvrit sans effort et la porte d'entrée ne nous donna pas plus de mal... elle avait été forcée.
Attention! Il y a peut-être du monde dans la maison. Inspectez chaque pièce. Je monte voir ce qui crame!
C'est vous qui donnez les ordres?
Oui!

Y'a pas d'jus !
Vos gueules !
La baraque est vide. Pas de courant, le compteur est coupé. C'est la pagaille dans toutes les pièces... Le ou les types qui sont passés par là ont systématiquement tout foutu en l'air... des cambrioleurs ?
...Ou des collègues à vous ... une perquisition en règle !
Qu'est-ce qui brûlait ?
Un rideau..... Si vous tenez à l'idée d'un casse, il est du genre fumeur, votre cambrioleur. C'est un mégot qui a mis le feu à des papiers en contact avec le rideau... et pour ça il faut du temps. Le type qui a visité la maison était parti bien avant notre arrivée. Un cambrioleur fumeur ?... j'en connais un !
Descendons refaire le tour du propriétaire.

Dans toutes les pièces les meubles ont été déplacés.
Voyez un peu l'état des lieux! Bon sang!... ils n'ont pas pris de gants
... il ou ils?
Je découvris un marteau dont la partie plane portait des traces de plâtre.
Ne touchez pas! Ce truc doit être bourré d'empreintes.
C'est l'instrument du carnage! ...voyons, FAROUX quand on monte ce genre d'expédition, on met des gants!
Regardez, les murs ont été martelés. On les a sondés pour trouver une cachette, une planque, une partie creuse dans la maçonnerie. Le type qui est venu ici avant nous cherchait quelque chose de précis.
Quel bordel!!... ...dites donc, inspecteur. Vous devez connaître ça "L'élixir de Soeur Florentine"... un vermifuge! Excellent, paraît-il...

C'est pas bientôt fini, ce bombardement à la con ?
Ça se rapproche. Dans 3 minutes nous allons voler en éclats.
Ça vous fait rire ?
C'est l'époque qui veut ça...
?
?
VENEZ-VOIR !
Charles venait de trouver une douille éjectée par un Luger.
Un peu plus loin, nous découvrîmes deux autres douilles d'un calibre différent et un pied qui pointait sous les plis d'un rideau...
?
?
LA FILLE DE LA GARE DE PERRACHE !
Elle est morte ?

C'est drôle, chef, on dirait l'actrice Madeleine MORLAIN. ... Son cœur bat faiblement, mais elle vit.
Allez-y mollo et ne dites pas de conneries. Trouvez-moi ses papiers, on l'amène illico à l'hosto!
Que dit son portefeuille?
Hélène PARMENTIER. Née le 18 juin 1921. Etudiante...
Etudiante, ça m'étonne pas!
Je sais que pour un flic, un bon étudiant est un étudiant mort, mais même le meilleur flic du monde n'a jamais réussi à faire causer un cadavre... et elle a des choses à nous dire, Mlle PARMENTIER... de plus, j'aimerais lui éviter la morgue. Dépêchons!
FAROUX laissa Charles en planque au 120. A l'instant précis où nous quittions le pavillon, les sirènes annonçaient la fin de l'alerte.
Dites à Hélène
120 RUE DE LA GARE
!?
"Dites à Hélène..." Hélène PARMENTIER? Ainsi, la fille de Perrache, le sosie de Madeleine MORLAIN, celle dont j'avais trouvé un photo chez Jo TOUR EIFFEL, perdait son sang à mes côtés. Dans la poche de son imperméable je trouvai un Beretta calibre 32... l'arme que je lui avais vue en main à Perrache... le même type d'arme trouvé chez CARHAIX-JALOME...
IL n'y a pas qu'un seul Beretta au monde et celui-ci n'a pas servi récemment.
Je savais depuis longtemps, qu'en gare de Perrache non plus, la jeune fille n'avait pas utilisé son arme. J'enfouis le pistolet dans ma poche.

FAROUX, votre idée de conduire cette fille dans un hôpital est complètement conne ! ... vous avez beau être de la police, nous allons avoir des tas d'emmerdements avec les Allemands !
Allons plutôt chez un toubib à qui nous pourrons demander de fermer sa grande gueule et qui ne nous empêchera pas de l'interroger avant même qu'elle soit complètement rétablie.
Ah oui ?... Et vous avez ça dans votre carnet d'adresses ?
Je feuilletai mon carnet d'adresses.
Oui, j'ai ça, FAROUX !... Docteur Hubert DORCIÈRES.
Vous n'aviez pas la barbe à l'époque
Petite fantaisie de prisonnier
Ce toubib était au stalag avec moi. Il est chirurgien, c'est ce qu'il nous faut. On l'a libéré il y a quelques jours. J'ai lu ça dans un canard de mode. Médecine mondaine, clinique privée... à deux pas d'ici... au bout de la rue des Plantes
C'est au 9, Villa Brune. La première à gauche.

C'est une clinique, ou un lupanar?
L'infirmier-larbin qui nous ouvrit nous fit des tas d'histoires...
Messieurs, le Dr DORCIÈRES n'est pas là... pensez, à une heure pareille! Revenez demain, je...
Arrête tes salades!
du Dr DORCIÈRES
POLICE!!! On rentre!
nous obligeant à rentrer en force.
Messieurs...
Connard! on veut voir un toubib, vite fait! C'est urgent, ça presse! ... y'a des gens qui perdent leur sang!
On aurait mieux fait d'aller dans un véritable hosto plutôt que d'échouer dans ce claque! Si j'avais su que Jo TOUR EIFFEL m'amènerait un jour à des trucs aussi cons!
Messieurs, je...
?!
HAUT LES MAINS!
!
!
AÏE!
Bonsoir, Docteur DORCIÈRES!
Nestor BURMA! ... Excusez-moi. Je ne vous avais pas reconnu.
Moi non plus, sur le coup!... Vous avez rasé votre barbe... petite fantaisie du retour à la vie civile?

... IL est 1H du matin et vous êtes entrés d'une telle manière... j'ai cru à une agression. Depuis plusieurs jours, une bande écume le quartier, malgré le couvre-feu. C'est dans les journaux de ce matin. Excusez-moi d'avoir agi ainsi, je suis surmené en ce moment. ... Excusez-moi.
Je vous présente l'inspecteur FAROUX de la P.J.
Vous avez un permis pour ce truc-là ?
Bien entendu, l'inspecteur ne me croit pas ?... Si j'ai un port d'arme ?... mais certainement !
Plus tard la paperasse ! FAROUX, je me porte garant de l'honnêteté du bon Dr DORCIÈRES.
Docteur, une jeune fille fort mal en point vous attend sur la banquette arrière d'une voiture de la préfecture de police, laquelle automobile, est garée devant votre porte.
L'infirmier-larbin et un de ses collègues allèrent chercher Hélène PARMENTIER dans la citroën.
On se dépêche... on se dépêche...
Elle a reçu un projectile dans la région cardiaque.
Pas besoin d'avoir fait Médecine pour s'en être aperçu !
Nous allons extraire la balle, mais je fais toutes réserves quant à l'issue de l'intervention.
Vos diplômes, ça sert à quoi ?
FAROUX et moi nous retirâmes dans la salle d'attente.
Qu'est-ce que c'est que ce toubib ? Vous croyez à son histoire ?
Mais oui !... l'explication qu'il nous a donnée tient debout ... mais vous êtes libre d'enquêter sur son compte dès demain matin.
Je vais me gêner !
Alors vous avez du temps à perdre.

L'examen du portefeuille et des poches d'Hélène PARMENTIER nous réserva des surprises.
Regardez-moi ça !
La jeune fille avait demeuré à Lyon, 44, rue Harfaux. Son actuel domicile était un hôtel, rue Delambre, dont elle possédait une carte publicitaire.
Nous trouvâmes aussi une photo de groupe où figurait COLOMER...
136.315
CARTE
VALABLE
du 10.08.
19 40
au 10.08.
19 43
Délivrée par Mr le Préfet
de Police
Le 16 SEPT. 1940
Le Préfet
...un autre cliché nous montrant l'amnésique du stalag en plus convenable...
HOTEL DELAM
PARIS
RUE DELAMBRE
...et une dernière photo reproduisant les traits de Georges PARRY avant sa transformation.
Un télégramme adressé à Mlle PARMENTIER, aux bons soins de M. et Mme FROMENT, au Cap d'Antibes, expédié de Lyon le 5 décembre — jour de mon retour en France — c'est-à-dire le jour de la mort de COLOMER, disait ceci :
PUISQUE REVENEZ CE SOIR STOP
NE SORTEZ PAS GARE STOP
ATTENDEZ-MOI QUAI PERRACHE ST
VOUS RESERVE SURPRISE STOP
BAISERS STOP BOB
Je me demande bien quelle est cette surprise à laquelle COLOMER conviait cette fille ? Sa mort violente ?
Je ne crois pas... Nous le lui demanderons. Votre télégramme n'est pas mal, mais cette lettre est mieux ! Écoutez ça :
La lettre - non datée - jetait un jour aveuglant et inattendu sur la véritable identité de la soi-disant Hélène PARMENTIER !!!
Mon enfant,
Lorsque tu recevras cette lettre, je ne serai plus au nombre des vivants. Je sais que tu ne me tiendras pas rigueur de t'annoncer cet événement sans plus de précautions ; depuis quelques années, depuis que tu connais ma "profession", nous avons été si peu, l'un pour l'autre, fille et père... Chaque fois que je t'écris, un ami très sûr en est avisé. C'est lui qui a pour mission de t'expédier ce pli, s'il reste six mois sans recevoir de mes nouvelles. La présente est, en quelque sorte, mon testament. Tu trouveras de quoi vivre confortablement durant toute ton existence dans le pavillon où tu n'es jamais allée, mais dont tu connais l'emplacement et possèdes les clefs. Tu sais de quel pavillon il s'agit : EN VENANT DU LION, APRÈS AVOIR RENCONTRÉ LE DIVIN ET INFERNAL MARQUIS, C'EST LE LIVRE LE PLUS PRODIGIEUX DE SON ŒUVRE.
(Je persiste dans ma manie des rébus jusqu'au-delà de la mort...)
Je t'embrasse affectueusement et longuement.
Georges Parry
P.S Pour si cruellement ironique que cela paraisse, il m'est doux de songer que la réception de cette lettre sera pour toi comme un signal de délivrance. Rien de fâcheux ne peut plus désormais se produire du côté de ton père.
Je t'embrasse affectueusement et pour la dernière fois, mon enfant chérie.

NOM DE DIEU !... C'EST LA FILLE DE JO TOUR EIFFEL !!!
FAROUX, vous possédez à fond l'art de la déduction ! ... La fille de Jo... la fameuse Hélène dont il a prononcé le nom en mourant.
Ça met hors de cause votre secrétaire.
Vous ne remarquez rien de bizarre entre cette enveloppe et la lettre qu'elle contenait ?
Si ! l'assassin est borgne, il a les pieds plats et souffre tous les jours entre 18H et 19H 22 de violentes brûlures à l'estomac dues à un ulcère qu'il traîne depuis 6 ans !
Non, il est gaucher. ... vous ne remarquez vraiment rien ?
L'enveloppe est carrée et l'adresse n'est pas de la même main, ni de la même encre que le testament de Jo, mais surtout, la lettre a d'abord été contenue dans une enveloppe allongée, étant donné les pliures au tiers de la feuille, puis repliée par le milieu, ce qui fait qu'elle nage dans cette dernière enveloppe. ... Il y a une tache rouge au dos du testament. Vous pouvez faire analyser... c'est de la cire. La première enveloppe était cachetée, la cire a dû pénétrer par une légère perforation...
Vous êtes assommant, BURMA !
L'ami "très sûr" dont parle Jo n'a pas respecté les six mois réglementaires pour envoyer la lettre. Il l'ouvre et décide de piquer le magot qui doit être assez copieux si on se souvient des exploits de PARRY. ...d'ailleurs, il l'écrit lui-même à sa fille : « Tu trouveras de quoi vivre confortablement durant toute ton existence... » Bien entendu, l'ami "très sûr" ne perd pas de temps à essayer de mettre au clair le rébus...
...d'ailleurs, il est pratiquement indéchiffrable pour un non initié. Ce n'est que par un extraordinaire concours de circonstances que COLOMER y est parvenu. L'ami "très sûr" rend visite à Jo et lui grille les pieds pour connaître la planque. Jo perd la boule et ne cause pas. L'ami "très sûr" laisse passer plus d'un an, glisse le testament dans la première enveloppe venue et l'expédie à Hélène... PARMENTIER.
Vous m'épuisez.

L'ami "très sûr" est donc quelqu'un qui connaît son adresse et qui sait qui elle est.
Ouais... il lui expédie le testament avec l'intention de la suivre, sachant qu'elle le conduira tôt ou tard au magot... 120, rue de la Gare.
Elle a été remerciée à coups de flingue! ... mais comment COLOMER a-t-il eu l'occasion de prendre une copie du rébus ?
On peut exclure l'idée qu'elle ait demandé de l'aide à Bob. Elle n'en a pas besoin. La lettre de son père nous laisse supposer qu'elle devait savoir de quoi il parlait, mais cette lettre, si elle donne bien des indications quant à la maison du trésor, n'en donne aucune sur l'emplacement de ce dernier.
Je repris l'examen de la lettre et remarquai dans le coin gauche, en haut, deux piqûres d'aiguille... il manquait un document annexe.
... un plan, ou quelque chose de ce genre... un truc indiquant la cachette du magot dans le pavillon. L'ami "très sûr" n'a jamais eu ce papier entre les mains, sinon il n'aurait pas tout saccagé au 120!
« Je t'embrasse affectueusement et longuement »... c'est un peu sec!... Jo a dû rajouter le post-scriptum... le document épinglé le gênant, il l'a enlevé... et a oublié de le remettre en place.
Ça ne nous explique toujours pas comment et quand COLOMER a copié le rébus!
Vous savez bien, FAROUX, que le destin d'un message secret et codé est d'être lu par plus de la moitié des habitants du globe... Cette deuxième enveloppe a subi le sort de la première... et cette fois, je crois bien que c'est Bob le coupable... sacré Bob!
5H du matin...
L'opération s'est bien passée. ... elle s'en tirera.
On peut l'interroger?

. L'interroger immédiatement ? impossible !... Laissez-la récupérer. Ah !... inspecteur, voici le projectile que nous avons extrait.
Donnez-moi ça ! ... Je vais réquisitionner votre téléphone.
... mais faites donc.
DORCIÈRES, vous nous avez reçu en nous braquant votre Manufrance pourri sur le ventre, nous n'oublierons ça qu'en compagnie de cette fille.
DORCIERES nous quitta. FAROUX s'en fut donner des ordres pour faire relever Charles au 120 et pour qu'on visite avec soin la chambre d'hôtel louée par Hélène PARRY, rue Delambre.
Avant qu'on puisse causer avec la petite, je vais aller au commissariat du XIVe, voir un peu ce qu'on dit sur ce toubib et essayer de recueillir des renseignements sur le pavillon de Châtillon.
Je vous accompagne ?
Non ! J'aime mieux pas laisser ce DORCIERES tout seul. Restez avec lui, vous vous raconterez vos souvenirs de vaincus.
1H plus tard, DORCIERES m'invitait à boire un ersatz de café dans son bureau.
Nestor BURMA, je ne vous remercierai jamais assez pour le service que vous avez rendu à ma soeur en 38 en la tirant de cette ridicule histoire de chantage.
Vous m'avez déjà dit ça au stalag.
A l'époque, c'est moi qui vous demandais un service, un job pénard à l'infirmerie ... je me suis retrouvé à balayer le lazaret, mais c'est pas à vous que j'ai dû ce boulot... Au fait, vous vous souvenez de LA GLOBULE, ce prisonnier amnésique qui est mort au camp ?
LA GLOBULE ? ... Non !
Non ?

Ne parlons plus du stalag. Ce soir je vous amène le joli corps de Mlle Hélène PARRY à charcuter et vous manquez nous trucider. J'ai convaincu l'inspecteur que la fable que vous nous avez balancée était exacte ... Il m'a cru ... vous avez du pot, d'ordinaire ce flic est extrêmement retors et moins con qu'aujourd'hui
La fable ? Voulez-vous dire...
... que vous êtes un fichu menteur ! Maintenant que nous ne sommes que tous les deux, vous pouvez vous mettre à table.
Je n'ai rien à dire.
Ah oui ? Quand j'ai prononcé le nom d'Hélène PARRY, la fille du voleur de perles dont vous devez avoir entendu parler ... JO TOUR EIFFEL ... Si je ne me trompe, vous avez sursauté !
Vous faites erreur ! Je ne connais pas plus de JO TOUR EIFFEL que de NANAR SACRÉ CŒUR ou de FIFI L'OBÉLISQUE ! Mr BURMA, je ne fréquente pas ce monde-là !
Vous me rassurez, Docteur. Eh bien ! n'en parlons plus. Un dernier détail, êtes-vous sorti hier soir ?
Je ne vois vraiment pas pourquoi je vous réponds. Non, je ne suis pas sorti.
A 8H FAROUX était de retour. Il voulait interroger Hélène PARRY. DORCIÈRES sortit se renseigner.
Alors ?
Rien sur le toubib. C'est un modèle de vertu, au-dessus de tout soupçon. Vous aviez raison. Il s'est seulement conduit comme un imbécile... Par contre, on m'en a raconté une pas piquée des vers, au commissariat !
Ah ?

Hier soir, une bagnole qui roulait tous feux éteints pendant l'alerte a écrasé un type à Maison-Blanche, à deux pas de la rue de la Gare. Le type était mort... il avait deux balles dans le buffet. On l'a transporté à Broussais, je suis allé voir le corps. C'est celui d'un nommé Gustave BONNET, demeurant à Lyon. Curieux, hein? Ce BONNET a une tête qui ne me revient pas. Allez jeter un coup d'œil, ça vous dira peut-être quelque chose...
C'est pour m'éloigner pendant que vous interrogerez la fille de Jo?
OH!
10 Mn plus tard, rue Ledion...
...rue Didot.
HOPITAL BROUSSAIS - LA CHARITE
Alors?
En effet, il a une sale gueule!
Vous l'aviez déjà vu?
Non!
Je répondis : Non! Je mentais...

A 10 H, nous avons enfin pu approcher la fille de JO...
Ne la fatiguez pas trop...
IL était 11 H 30 lorsque FAROUX me déposa Quai des Orfèvres.
Rasez-vous, BURMA, vous faites vraiment dégueulasse.
Vous n'allez pas me faire arrêter, FAROUX ?!
De la brève entrevue avec Hélène PARRY, il ressortait plusieurs choses: d'abord, elle ne niait pas être la fille de JO TOUR EIFFEL...
Elle n'est vraiment pas en état de subir un interrogatoire !
J'étais dans le Midi... Bob m'a télégraphié de rentrer... de l'attendre sur le quai à Perrache... de ne pas sortir de la gare. IL disait me réserver une surprise... Quelqu'un a crié son nom. C'était vous... il s'est précipité et...
Pourquoi avez-vous sorti votre pistolet ?
...un réflexe...
QUOI ? ...vous ne m'aviez pas dit ça !!!
... ensuite elle avait vu l'homme qui avait tiré sur COLOMER.
C'était le visiteur de cette nuit, rue de la Gare ?
Oui...
Vous le connaissez ?
Oui...
SON NOM !!!
Inspecteur !
TROP TARD !!! Hélène PARRY balbutia et retomba évanouie... IL n'y avait plus rien à faire. D'ailleurs, je savais tout ce que je voulais savoir.

A Lyon, après l'armistice, COLOMER rencontre et s'éprend d'Hélène PARRY (voir- baisers du télégramme.)... IL soupçonne que JO TOUR EIFFEL est vivant et qu'Hélène est sa fille. Pour en savoir plus, il n'hésite pas à intercepter la correspondance de la jeune fille... Elle est absente lorsque lui parvient le testament.
Récapitulons... récapitulons.
Bob l'ouvre, voit ses soupçons confirmés et recopie le rébus. Dans quel but?... déformation professionnelle? Le jour où il déchiffre le cryptogramme, il a déjà remis la lettre en place au domicile d'Hélène (ce qui explique que nous la trouvons dans son portefeuille).
Bob a l'intention d'entraîner la fille de Jo au 120... il est abattu à la gare.
COLOMER s'est rendu compte du changement d'enveloppe de la lettre... car, pour être abattu à Perrache par le même homme qui est venu fouiller cette nuit au 120, il faut qu'il l'ait démasqué.
Bob sait que ce type - appelons-le X - est une connaissance d'Hélène, la seule pouvant logiquement être en possession du testament (si COLOMER ignore que X a martyrisé PARRY, il sait des choses que j'ignore et qui le mettent sur la piste de X). X n'est peut-être pas résolu à supprimer Bob, mais il n'hésite pas lorsqu'il le voit se précipiter vers moi!!! ...
Conclusion : X me connaît aussi!
SKK Transportgruppe Todt
Kfz - Jnst - Park
u. Unfallmeldestelle
Rond Point des Champs Elysées 8
Kommandant von Gross-Paris
Rue de Rivoli 228 Hôtel Meurice
Zentra-Kraft

Pourquoi, le rébus déchiffré, COLOMER est-il si pressé d'entraîner la fille de Jo à Paris qu'il lui télégraphie de l'attendre à la gare, ayant décidé de franchir frauduleusement la ligne de démarcation ?...
Réponse : Bob ne croit pas que X ait mis au clair le cryptogramme. Si cela était, il n'aurait pas envoyé la lettre. S'il l'a fait, c'est dans l'intention de suivre Hélène PARRY qui doit savoir de quoi il s'agit !
Si elle rentre à Lyon et en repart, la jeune fille est donc en danger...
buchhandlung
...Pour y parer, le mieux est de la prier de ne pas sortir de la gare et de la décider à gagner Paris sur le champ.
A 12H30, j'arrivai chez moi... j'avais l'intention de dormir une heure ou deux.
DDRRIIIING
... Et merde !
Allô BURMA ?... Bonjour. Ici Julien MONTBRISON... Je suis à Paris pour quelques jours, j'ai enfin obtenu mon Ausweis. ... On peut se voir ? Je voudrais vous demander un service...
Ah ?...
Mon valet de chambre, qui avait tenu à m'accompagner à Paris, a disparu.
Et vous voulez que je le retrouve ?

J'eus à peine le temps de prendre un bain que la sonnerie de l'entrée retentit... MONTBRISON était là, toujours égal à lui-même.
Alors, vous avez perdu cette tronche de faux-cul qui ouvrait votre porte ?... il a dû se faire la malle avec une souris grise !
Je n'ai pas le cœur à plaisanter... Gustave est une perle, vous avez dû vous en apercevoir à Lyon. Je serais désespéré s'il lui était arrivé malheur.
Pourquoi serait-il arrivé malheur à ce pauvre Gustave ?
Il savait que je devais venir à Paris, il a insisté pour m'accompagner. Sans rien me dire, il a fait de son côté les démarches pour son laissez-passer. Au moment de partir, il me l'a montré ... j'ai été surpris par sa conduite, mais pourquoi me serais-je opposé à ce qu'il vienne avec moi ?
Hier, je l'ai surpris par hasard dans un café, en conversation avec un homme aux allures suspectes. Ils parlaient d'un nommé ou d'une nommée JO, je n'ai pas très bien compris.
Mmh...
A mon arrivée, ils se sont séparés, se donnant rendez-vous pour le soir même à la Porte d'Orléans. Depuis, je suis sans nouvelles de mon valet et je crains qu'il ne se soit embarqué dans une affaire louche.
...Vous ne croyez pas que le mieux serait d'avertir la police ?
C'est déjà fait... deux précautions valent mieux qu'une... en outre, je ne vous cacherai pas que j'ai davantage confiance en vous.
Vous me flattez, Maître... Ecrivez-moi le nom de votre larbin, celui du bistrot et votre adresse. Il y a du papier sur ma table.
Vous vous levez, BURMA ?
J'allais me coucher... j'ai eu une nuit agitée, j'ai éteint un début d'incendie.

En admettant le pire, vous ne porterez pas le deuil de votre larbin... Ce soir, je donne une petite fête ici-même!... Noël de guerre. Il y aura de jolies filles, de futures vedettes... Vous viendrez ?
Mais comment donc!
Immédiatement après le départ de l'avocat, je téléphonai à FAROUX.
... Je vais retourner au 120, jeter un coup d'œil de jour. Où en êtes-vous ?
On a perquisitionné à l'hôtel rue Delambre... Confirmation de la filiation. Des lettres et des cartes, signées "Ton père" et en provenance de La Ferté-Combettes ou Château-du-Loir... comme nom d'expéditeur G. PÉQUET. Depuis qu'elle est à Paris, la fille de Jo passe toutes ses nuits dehors, ne dormant que dans la journée... Voilà. En fin d'après-midi, je retournerai à la clinique, voir si on peut causer...
J'y serai !
1941
VENDREDI
19
DECEMBRE
Je donnai un certain nombre de coups de fil pour lancer des invitations à mon pseudo-réveillon ... ensuite, je sortis.
14 H sur les boulevards...
HÉ!
!?
HAVRE-CAUMA
METR
BURMA!
Commissaire BERNIER! ... Quelle bonne surprise!
ABRI
Après COVET et MONTBRISON... BERNIER! Décidément, tout Lyon rappliquait à Paris, il était grand temps de songer à déménager.

Que faites-vous à Paris, commissaire? ... Seriez-vous las du ciel bleu lyonnais?
Vacances de Noël... On va prendre un verre?
GL/Paris
Toutes les recherches pour trouver VILLEBRUN avaient été vaines. BERNIER ne fit aucune allusion à l'incident de l'agent patrouilleur qui avait vu de la lumière, à 2H du matin, chez CARHAIX-JALOME.
AUJOURD'HUI JOUR SANS ALCOOL
Vous êtes libre, ce soir? Je donne une petite fête chez moi, venez vers 11H... ça me fera plaisir
D'accord! On fera un poker?... Dites donc, on s'amuse bien en zone occupée! un blanc sec!
Savez pas lire?
15H30, rue de Lyon.
Ce flic aime les solutions paresseuses... Pour lui, l'agent s'est trompé et JALOME est indiscutablement l'assassin. Je n'avais aucune raison de le détromper... pour l'instant.
DRIING
Patron?!... c'est la Toussaint?

Aprés avoir quitté Hélène, je m'en fus à Châtillon. De jour, le pavillon n'était guère plus engageant que dans l'obscurité. Le flic de garde, vaguement informé de ma visite, me laissa fouiner un peu partout.
120
6H et demie, déjà. IL est grand temps d'aller voir si la fille de Jo a des révélations à nous faire.
A 19H05, j'arrivai à la clinique de DORCIÈRES. FAROUX n'était pas encore là.
CLINIQUE du Dr DORCIERES
Chirurgie esthetique
Bonsoir Docteur. Alors... on peut la voir ?
Certainement pas !
Ah, bon ?!...
L'interrogatoire de ce matin l'a terriblement affaiblie. IL faudra attendre plusieurs jours avant de recommencer. Je ne puis me rendre complice d'un assassinat !... Racontez à qui vous voudrez que je vous ai reçu revolver au poing et donnez à cet acte l'interprétation la plus fâcheuse... je m'en moque ! ... mais vous ne verrez pas la patiente !
C'est moi.
Ne vous emballez pas !
Ne ricanez pas !

Je voulais seulement savoir si l'inspecteur était logé à la même enseigne ?
Absolument ! Pour rien au monde je ne voudrais que cette jeune fille... Je veux la sauver, comprenez-vous? Et elle vivra, je vous en réponds, elle vivra !
DORCIÈRES me paraissait curieusement exalté. La conscience professionnelle dont il faisait preuve l'honorait.... Pourtant... il devait y avoir autre chose.
FAROUX fit son apparition. Lorsqu'il apprit qu'on ne pouvait approcher Hélène PARRY, il s'emporta mais accepta quand même de me conduire chez moi.
De toute façon, vous n'auriez rien appris de plus... FAROUX, ne faites pas la gueule. Je vous invite chez moi ce soir... une sorte de réveillon.
Vous ne croyez pas que j'ai autre chose à foutre?!
Dommage ! ... Je vous aurais livré en cadeau de Noël : l'assassin de COLOMER, le tortionnaire de Jo TOUR EIFFEL et le vandale du 120, rue de la Gare.
IL m'avait fallu menacer DORCIERES de toutes sortes de choses pour qu'il accepte mon invitation. Je rentrai juste à temps pour capter un coup de fil de LAFALAISE.
Notre ami était à Perrache la nuit du meurtre. Il a réussi à forcer un barrage d'agents sans trop de mal... il les connaissait presque tous et il ne leur serait jamais venu à l'idée de le soupçonner... Voilà ... c'est tout... On commence à s'étonner de ces fréquentes communications avec l'autre zone.
Epatant ! ... Beau travail. Joyeux Noël et embrassez Louise BREL de ma part.
?
Bonsoir, COVET. ... Toujours à courir après le PULITZER ?... Ce soir, vous avez sonné à la bonne porte.
A 21 H, mon premier invité arrivait...

C'est dégueulasse, ce truc-là !
...une heure plus tard, tout le monde était là, totalement occupé à vider mes dernières bouteilles... Pour une belle assemblée, c'était une belle assemblée !
Il y avait COVET, tenaillé par son arthrose, Sa Rondeur MONTBRISON...
Simone SIMONET notre future "grande vedette" de cinéma...
Hélène CHATELAIN qui avait accepté mes fleurs et mes excuses...
STOR BUR
DETECTIV
un type que je présentai sous le nom de THOMAS, qui en réalité s'appelait PETIT et était flic (mais ça ne se voyait pas trop.)...
Louis REBOUL et un couple insignifiant...
Hubert DORCIÈRES qui était arrivé le dernier (sa présence était indispensable, j'étais persuadé qu'on aurait besoin de lui avant la fin de la soirée)
...Sans oublier FAROUX qui, de mon bureau, muni d'un simple bol, suivait tout ce qui se passait et se disait dans la pièce voisine. Je le répète : une belle assemblée !

M. BURMA, racontez-nous une de vos enquêtes policières... vous devez avoir vécu des aventures formidables!?
AH!AH!AH!
... c'est pas de saison! Non je vais plutôt vous raconter une histoire édifiante,... un conte de Noël.
L'histoire de Georges PARRY, dit Jo TOUR EIFFEL le célèbre voleur de perles!!!
Donc, il était une fois un gangster qui, après avoir fait croire à sa mort, et pour rendre vaines toutes les recherches se fit joliment remodeler la gueule par un chirurgien esthétique.
... Je dois dire que le toubib réussit parfaitement son coup et réalisa un véritable chef-d'œuvre!
A ce passage de mon récit, DORCIÈRES pâlit affreusement, vida son verre et alluma une nouvelle cigarette.
Notre gangster avait une fille.
Je racontai l'épisode du testament codé, l'indélicatesse de X, l'ami "très sûr", comment X avait grillé les pieds de Jo pour le faire causer, ce qui s'en suivit...
Comment je rencontrai par hasard au stalag XB, JO-LA GLOBULE Matricule 60202, totalement amnésique...
Ton nom?
Je ne sais pas.
Comment Jo meurt entre mes bras au camp en prononçant la mystérieuse adresse...
PATRON! 120 RUE DE LA GARE:.
Pauvre Bob...
Dites à Hélène 120 RUE DE LA GARE..
Comment COLOMER est abattu sous mes yeux en gare de Perrache en criant la même mystérieuse adresse...
?
Pourquoi j'avais porté mes soupçons sur Hélène CHATELAIN, avant de découvrir que le sosie de Madeleine MORLAIN n'était autre que la fille de Jo TOUR EIFFEL!

1940
21 JUIN
Dans la maison isolée de La Ferté-Combettes, BÉBERT me renseigne... J'en conclus que Jo a été torturé aux alentours du 21 juin 1940. Le testament est envoyé par la poste à la fille du gangster peu de temps avant mon retour en France, début décembre 1941.
C'est le jour où tu as vu pour la première fois LA GLOBULE, pas vrai?... Tu m'as dit qu'il avait mal aux pieds...?
Ouais!... les panards en compote. Tout roussis!
X attend un an et demi avant d'expédier le testament... il se méfie. X n'a aucune preuve de la mort de Jo. Alors qu'Hélène PARRY est dans le Midi, COLOMER intercepte la lettre et se rend compte qu'elle n'est pas contenue dans son enveloppe initiale. Bob recopie le cryptogramme et le déchiffre.
Entre SADE, le lion et les fautes d'orthographe, je pataugе un temps.
MAIS QUI EST X ?
N'oublions pas ses fonctions auprès de JO TOUR EIFFEL!!! C'est X qui achète la maison isolée, engage et congédie la domesticité. C'est un administrateur, un factotum, l'homme d'affaires, l'homme de confiance de Jo, en un mot: l'ami "très sûr"!
De par ses relations sentimentales avec Hélène PARRY, COLOMER connaît X, l'homme par l'intermédiaire de qui Jo fait parvenir des subsides à sa fille. Bob note le bureau de poste expéditeur du testament et s'aperçoit que c'est le plus proche du domicile de X. X a commis là une imprudence aux incalculables conséquences...
C'est dans le but d'établir la filiation Hélène - JO TOUR EIFFEL que Bob intercepte le courrier de la jeune fille. Le testament lui apporte la preuve qu'il cherche. Depuis combien de temps cherche-t-il? Nous avons vu que Bob collectionne des coupures de presse concernant Jo. Qu'est-ce qui est à l'origine de ses soupçons au sujet d'Hélène?
BURMA, C'EST INESPÉRÉ. DESCENDEZ, BON SANG!
Pour l'instant, je n'en ai aucune idée! ... par contre, je sais que X connaît Bob et me connaît aussi... X sait que COLOMER est mon collaborateur... X a vent des soupçons de Bob... X décide de le supprimer! X n'arrive pas à exécuter son projet avant Perrache ... peut-être est-il indécis?... Je ne sais pas. ... Mais ce dont je suis sûr, c'est que X n'hésite plus, lorsqu'il voit COLOMER se précipiter vers moi!!!

X apprend par son complice CARHAIX-JALOME que je recherche le sosie de Madeleine MORLAIN... X combine l'attentat du pont de la Boucle !
X assiste à son échec... IL file chez son complice, fait disparaître tout indice de ses relations avec CARHAIX-JALOME...
... et prend soin d'y laisser bien en vue, l'arme du crime de Perrache. JALOME étant un ancien comparse de Jo et de VILLEBRUN (que Bob et moi avions contribué à faire coffrer)... Le commissaire BERNIER conclut à une affaire de vengeance et clôt le dossier.
A
MAIS NOM DE DIEU, COVET FOUTEZ-LUI SUR LA GUEULE !!!
Après avoir envoyé le testament, l'idée de X était de surveiller Hélène et de la suivre jusqu'au magot. Maintenant, X connaît l'emplacement de l'héritage. IL a entendu COLOMER crier l'adresse en mourant.
... d'ailleurs, cette adresse est une révélation pour X ! ... Bien qu'étant l'homme de confiance de Jo, ce dernier ne lui a jamais parlé du pavillon. Jo se méfiait-il de X ? Les hors-la-loi ne sont jamais sûrs de personne.
X arrive hier à Paris, visite le pavillon, fouille avec rage mais ne trouve rien. Le testament donne l'adresse - à condition de déchiffrer le rébus - mais aucune indication sur la planque du magot.
Cette nuit, X retourne au 120. Pourquoi ?... une idée lui est venue... il a cherché des planques compliquées, il est allé jusqu'à sonder les murs à coups de marteau... Mais la cachette la plus sûre, n'est-elle pas la plus simple, la plus visible ?... Donc, il retourne au pavillon, cherche et trouve le magot ! ... Mais X n'est pas seul, il est accompagné d'un autre complice, participant certain à la séance d'interrogatoire de Jo à la Ferté-Combettes. Au moment où X trouve le trésor, son complice tire sur lui et le manque. La balle traverse un rideau et blesse gravement Hélène PARRY qui se trouve derrière ! Depuis qu'elle est à Paris, la jeune fille passe toutes ses nuits - les visites diurnes pouvant éveiller l'attention - dans le pavillon, à la recherche de son héritage.

Hélène PARRY est blessée... X riposte et loge deux balles dans le buffet de son complice qui réussit à s'enfuir dans la nuit. Le black-out est absolu, il échappe à son poursuivant, mais s'écroule au milieu d'une rue où l'écrase une voiture roulant tous feux éteints.
Je m'arrêtai. L'assistance était suspendue à mes lèvres, médusée, fascinée par mon récit... J'en profitai pour frapper un grand coup!
L'ASSASSIN EST PARMI NOUS!
Oui! L'assassin de COLOMER, le tortionnaire de JO TOUR EIFFEL est ici ce soir! LEQUEL EST-CE D'ENTRE VOUS?
OH!
OH!
OH!
OH!
OH!
OH?
Quel cabotin!... c'est triste à voir!
OH!
OH!
OH!
Jo avait une balafre monumentale sur la joue droite! Le coup de poing d'un gaucher... X connaît COLOMER!!! X me connaît aussi!!! Quels sont les individus qui se servent de la main gauche? Les gauchers, évidemment... MAIS AUSSI LES AMPUTÉS DU BRAS DROIT!
PATRON!
...A cet instant précis, la sonnette de la porte d'entrée retentit. Hélène alla ouvrir. Il était 23H...
Vous en faites de ces gueules! Que se passe-t-il? J'étais venu pour m'amuser.
Ça tombe bien, commissaire, vous allez vous marrer! Vous arrivez à temps pour coffrer l'assassin de COLOMER!
Enfin, BURMA, c'est JALOMÉ qui...
Décidément, BERNIER, vous persistez dans l'erreur vous allez arrêter l'assassin, ici, ce soir même!!! heureusement qu'on vous aide!

J'ai un informateur à Lyon. Il m'a averti de l'arrivée de X... je sais aussi que X s'est fait renverser par une voiture, il y a six jours. Qui est arrivé hier à Paris en boitant pour cause d'arthrose, paraît-il ? ... Hein, COVET ?... qui ? En y réfléchissant, vous ne vous êtes pas battu avec beaucoup d'ardeur sur le pont de la Boucle !... et je me demande si COVET n'est pas gaucher ?!
Mon poing dans la gueule ? ... Vous préférez le droit ou le gauche ?
Du calme ! N'oubliez-pas le POLITZER !
Je vous ai dit que Jo avait une balafre sur la joue droite... le coup de poing lui a certainement été asséné alors qu'il était ligoté au fauteuil d'osier, en face de la cheminée, dans la maison isolée...
... Je découvris une éraflure bizarre sur le côté droit du dossier et, entre deux tiges d'osier, ce que je pris dans un premier temps pour un morceau de verre mais qui s'avéra être un brillant !
En frappant Jo, X a détérioré une de ses bagues et perdu un brillant !
Commissaire BERNIER vous allez enfin pouvoir rigoler !
... je vais vous présenter l'assassin. Vous pourrez lui serrer n'importe quelle main ; il est ambidextre ! MONTBRISON, voulez-vous nous montrer la chevalière de mauvais goût qui orne votre annulaire gauche ?
AH ! AH ! AH ! sacré BURMA !! Volontiers, volontiers... mais très volontiers.
PAN
AAAAA
PAN
MON MAGRITTE !!
ARCUTERIE

Le lendemain...
Pour une belle soirée, c'était une belle soirée... Voilà ce qui s'est passé...
...MONTBRISON a tiré deux coups de feu à travers la poche gauche de son veston...
VOUS AVEZ TOUT DU FLIC, BURMA !!
PAN PAN
La première balle a traversé l'unique bras du mutilé de guerre et la deuxième est allé crever mon MAGRITTE...
AAA
MON MAGRITTE !
PETIT s'est précipité sur l'avocat, FAROUX qui venait d'abandonner sa cachette lui a passé les menottes et le calme est revenu.
...alors j'ai sorti de mon portefeuille le brillant trouvé dans le fauteuil d'osier. Tout le monde a pu constater, en l'approchant de la chevalière aux brillants dépareillés qu'il était d'un volume égal et d'une même limpidité que les pierres d'origine et de plus, taillé pour épouser la sertissure. IL n'y avait pas d'erreur possible... L'avocat était marron !
ABRI
113 Places
dont 60 pour les passants

TOC
Comment va votre blessure à la main gauche ?... La Ferté-Combettes ... Juin 40.
?
... Tout se tenait !... Quand BEBERT s'était souvenu du nom du bled - La Ferté-Combettes - je me rendis compte que ce nom ne m'était pas inconnu... Je l'avais entendu prononcer par Arthur BERGER, le journaliste correspondant de guerre, copain de COVET, rencontré dans un restaurant, celui-là même qui accepta d'acheminer une lettre pour FAROUX. BERGER avait vu MONTBRISON en juin à La Ferté-Combettes et BEBERT, au stalag, avait daté précisément au 21 juin sa première rencontre avec LA GLOBULE... BERGER se souvenait de MONTBRISON blessé à la main. L'avocat nous baratina au sujet d'une balle perdue qui lui aurait traversé la main... la drôle de guerre... on lui aurait refilé une médaille, il n'aurait pas dit non ! En fait, il s'était fait bobo en tapant sur Jo !
Une balle perdue... Regardez, plus aucune trace. Dites donc Arthur, quelle mémoire !
DORCIÈRES, vert de trouille, fit un pansement à REBOUL... Je savais bien que nous aurions besoin de lui... que tout ça finirait mal....
... et PETIT, le flic, fila direction la Tour Pointue avec le pétard du débardot*
Vous me soupçonniez depuis le début, BURMA ?
... Et voilà le MONTBRISON qui voulait des précisions.. Incroyable !!... Je me demande encore pourquoi cet éminent représentant du Barreau avait accepté mon invitation ?!
*Débardot_ Avocat

Je ne commençai à soupçonner sérieusement MONTBRISON qu'après l'attentat du pont de la Boucle, lorsque à 4H et demie, la même nuit LAFALALAISE, COVET et moi visitâmes le domicile de JALOME...
...ne laissons pas d'odeurs de tabac.
J'étais resté un certain temps sans fumer et en rentrant chez JALOME je décelai une odeur particulière de tabac blond. Je remarquai aussi que le cendrier contenait des résidus d'allumettes plates...
CRAMMON
J'avais demandé à mes deux compagnons d'éteindre leurs pipes afin de ne pas laisser d'odeurs de tabac et j'en humais une... Avait-elle été laissée par JALOME avant son départ en expédition ? L'odeur de tabac blond était trop violente pour ne pas être récente !!!
Cette petite pute de JALOME fumait. On découvrit plus tard un paquet de Gauloises, un briquet et des pierres à briquet dans ses poches. IL N'UTILISAIT PAS D'ALLUMETTES ! Il n'y en avait pas trace chez lui, sauf dans le cendrier... Par contre, dans le carton trouvé sous l'évier, dans lequel nous découvrîmes le Beretta planqué dans une godasse, il y avait de nombreuses fioles d'essence à briquet laissant clairement entendre qu'il se servait de préférence de cet ustensile.
...Donc, quelqu'un d'autre que JALOME avait séjourné dans son appartement... QUI ?
Prenez une cigarette. Ce sont des Philip Morris, rarissimes par les temps qui courent. J'en ai une petite réserve.
Qui est-ce qui fume des blondes et utilise des allumettes plates ?!?... ?! : MONTBRISON !. Chez qui avais-je déjà reniflé la même odeur de tabac que chez JALOME ? ... chez MONTBRISON et chez MONTBRISON seulement !
J'ramasse les mégots, mon pote !... y'en a des pleins cendriers... du tabac blond...
En temps ordinaire j'aurais attaché moins d'importance au problème des cigarettes... partant du principe que l'avocat n'est certainement pas le seul au monde à cloper des blondes... Mais il le dit lui-même : par les temps qui courent les Philip Morris sont rarissimes ! J'en ai cherché au marché noir, je n'en ai pas trouvé. De plus, MONTBRISON marque partout son passage de ses mégots !... dans la maison isolée... et va même jusqu'à foutre le feu au 120 avec ses clopes de merde !

Le lendemain de l'attentat du pont de la Boucle, sous prétexte de prendre conseil, je me rends très tôt chez MONTBRISON. ... Même odeur de tabac et le cendrier, pas encore nettoyé ou déjà rempli, déborde de bouts d'allumettes plates !!!
Cette nuit, j'ai balancé un type dans le Rhône.
Quoi! ?
J'observe que l'avocat ne paraît pas avoir passé une bonne et reposante nuit... Bien qu'en robe de chambre, ses mains avec leur bijouterie au complet, sont froides et malpropres, du froid et de la malpropreté des insomnies. Les nuits blanches font les mains noires (un brin de poésie ne peut nuire à cet aride exposé)... MONTBRISON a dû avoir la trouille de me voir rappliquer si tôt, mais il a assez bien joué la comédie.
Et puis je me suis souvenu d'un certain nombre de détails non sans importance...
!?
J'ai cru qu'il avait besoin de tout son avoir pour acheter de la drogue.
... D'abord le coup de la drogue ! Ça ne collait pas avec COLOMER. ... ni l'histoire de la crainte d'une vengeance professionnelle, politique ou passionnelle et la nécessité de fuir en zone occupée... Ça ne collait pas avec la personnalité de COLOMER...
Pauvre Bob !...
... Ensuite, MONTBRISON ne recule devant rien. A ma question : "COLOMER vous a-t-il donné l'impression d'avoir une frousse bleue ?" IL répond : "Je ne saurais dire. Je suis amblyope." L'amblyopie est une altération de la vue qui peut être due à la nicotine. IL s'en suit une corruption des couleurs débutant généralement par la confusion entre le bleu et le gris. ... Ce qui fait de MONTBRISON le seul véritable toxicomane de cette histoire...
... à part moi.
J'ai connu jadis le gros avocat friand de liqueurs et d'alcools mais il s'est laissé surprendre par les événements, il n'a fait aucune provision de liquide. Par contre, il a stocké des Morris, ses cigarettes de prédilection.... et elles vont le perdre. Sa passion du tabac ne lui laisse aucun répit. IL ne pourra s'empêcher de fumer chez JALOME alors qu'il va y déposer l'arme du crime de Perrache. IL évacuera les mégots mais laissera les allumettes dans le cendrier.
IL y a eu aussi, à Lyon, l'insistance manifestée par MONTBRISON à vouloir me raccompagner à l'hôpital, alors que nous sortions passablement éméchés du restaurant... Si COVET n'avait pas lui aussi insisté pour suivre le mouvement, serais-je toujours en vie ?
Je rentre à l'hosto !
Soyez raisonnable, BURMA. Ma voiture est à deux pas je vous emmène.
NON!
Alors je vous raccompagne !
... Et moi aussi. La marche nous fera du bien

REVOLUTION NATIONALE
C'est donc MONTBRISON qui est chez JALOME vers 2H du matin... un agent patrouilleur voit de la lumière à l'étage... l'avocat a un larbin qui tire les rideaux pour lui et il ne pense pas à faire ce geste en entrant chez son complice.
MONTBRISON était cuit ! IL y avait sur l'enveloppe du testament de JO expédié par ses soins, le cachet du bureau de poste le plus proche de son domicile ! et puis les témoins... Les MATHIEU à la Ferté-Combettes qui reconnaîtraient sans mal en MONTBRISON "le monsieur" qui les avait engagés pour le compte de PEQUET... IL y avait aussi Hélène PARRY qui était à deux mètres de lui à Perrache lorsqu'il avait tiré sur Bob.. et les agents qui lui ont laissé la voie libre à la sortie de la gare, il les connaissait presque tous, et pourquoi ces pauvres bourres auraient soupçonné l'avocat d'être le type qui venait de commettre un meurtre en pleine gare ?...
A minuit, PETIT, le flic, appela FAROUX de la Tour Pointue...
Qu'est-ce que tu me racontes, PETIT ? ...le pétard de MONTBRISON balance des pruneaux identiques à ceux qu'on a trouvés dans le bide de ce type, qui s'est fait écraser par une bagnole cette nuit, à Maison-Blanche ?!
AH!.. en voilà un que j'oubliais: BONNET !...Gustave BONNET, le larbin, l'autre complice de MONTBRISON. Le domestique, cette tronche de faux-cul!
AH!
?
?

Hier, le cher maître m'apprend témérairement que son valet avait disparu. IL me raconte n'importe quoi... Moi je l'ai vu quelques heures plus tôt, le larbin... à la morgue de Broussais... Cette tactique de prendre le taureau par les cornes ne lui a pas réussi au MONTBRISON, d'autant plus que j'en ai profité pour vérifier qu'il était bien gaucher.
PAN
BONNET tire sur son patron au moment où celui-ci trouve le magot. C'est lui qui a tiré la balle qui a failli tuer Hélène PARRY.
MONTBRISON nous apprit - ce qui confirmait ma théorie - que BONNET était présent à La Ferté-Combettes, et qu'il y avait aussi SALOME.
Et voilà comment BONNET termina sa carrière de faux-cul... IL manqua son patron qui, par contre, lui logea deux balles dans le corps!... pauvre BONNET!
BONNET réussit à s'enfuir, il s'écroule dans la rue, une bagnole lui roule dessus. Les flics ont trouvé ce matin son Luger non loin de l'endroit où il s'est fait écrabouiller...
ET LE MAGOT? «Pas trouvé.», déclara MONTBRISON. Nous le fouillâmes... ça aurait dû être fait depuis longtemps! Entre nous, je ne pensais pas MONTBRISON assez con pour se balader avec le trésor de Jo dans ses poches!

Nous fouillâmes donc MONTBRISON. IL avait sur lui un billet de chemin de fer Paris-Lyon valable pour le lendemain... départ gare de Lyon 7H32...
Dans son pardessus se trouvait un flacon d'élixir de Sœur Florentine.
Maître, c'est le Barreau qui donne des oxyures?
ELIXIR DE SŒUR FLORENTINE
VERMIFUGE
On dirait du plâtre!
...Mais c'est du plâtre!
...et sous la gangue de plâtre:
UNE PERLE!
Évidemment la fiole ne contenait pas de vermifuge, mais de drôles de pilules. Hélène, sur mes instructions, en gratta une avec un canif.
Des perles et autres pierres précieuses, il y en avait une cinquantaine dans le flacon... Les économies de Jo!
Ça devait aller chercher dans le million de francs.
La Préfecture de Police informe que la lacération et l'endommagement d'affiches de l'Autorié occupante seront considérés comme acte de sabotage et punis des peines les plus sévères
VICTORIA
Quel bordel!!... ...dites donc, inspecteur, vous devez connaître ça "L'élixir de Sœur Florentine"...un vermifuge! Excellent, paraît-il...
Le magot dans une bouteille de vermifuge! J'avais constaté au 120 que l'étui en carton du flacon d'élixir était ouvert, le couvercle levé, mais depuis peu car l'intérieur n'était pas poussiéreux.
J'avais imaginé que le document manquant au testament devait être un plan, permettant de situer le trésor au 120. En y réfléchis-sant, ça devait être une image destinée à mettre Hélène PARRY sur la voie de la cachette...
...une image représentant un flacon, par exemple... une image découpée dans les pages de ce catalogue dont BEBERT utilisa une feuille pour se confectionner un cornet à mégots.
WATERMAN
Et tout ça me ramenait à Edgar POE! "La lettre volée"...

Lors de ma première visite chez MONTBRISON, je l'avais trouvé plongé dans la lecture des "Histoires extraordinaires". Plus tard, en feuilletant le bouquin, brillamment illustré, je tombai sur la lettre volée. La théorie du vieil Edgar étant que la planque la plus sûre est la plus visible, la plus évidente...
?!
IL y avait eu deux expéditions au 120. Lors de la première, MONTBRISON cherche une cachette compliquée, il cherche avec rage vu l'état des lieux... il ne trouve rien. IL songe à Edgar, retourne au pavillon faire subir à sa théorie le feu de l'épreuve, et trouve le magot bien en évidence sur le marbre de la cheminée.
FAROUX, vous est-il déjà arrivé d'appréhender un de vos supérieurs?
Nous trouvâmes dans les poches du commissaire BERNIER un tube rempli à ras-bord de pilules du même type que celles du flacon de MONTBRISON... sa part du butin. Nous trouvâmes aussi un billet de chemin de fer Paris-Lyon, valable pour le lendemain départ 7H32.
JEAN GABIN
GUEULE D'AMOUR
BERNIER était un joueur. Lorsque je l'ai vu pour la première fois à l'hôpital, il était en habit de soirée. IL sortait d'un tripot.
J'ai appris que vous étiez Nestor BURMA le directeur de l'agence Fiat Lux, c'est bien ça?
Exactement. Nous sommes presque collègues.
RAUS
ALLIANCE CINEMATOGRAPHIQUE EUROPEENNE
Le film en couleur le plus prodigieux du siè
FILM BOCHE N'Y ALLEZ PAS
Pour l'argent nécessaire à la satisfaction de sa passion, BERNIER accepte sur la proposition de MONTBRISON - connaissance de cercle - de faire dévier l'enquête, d'étouffer l'affaire.
BERNIER essaya de me convaincre de la culpabilité de SALOME. IL essaya de me faire gober le coup du crime politique - il est vrai que SALOME avait pas mal de petites saloperies de bibelots pétainistes chez lui. BERNIER poussa le raffinement jusqu'à me permettre de l'accompagner chez SALOME afin que j'assiste à la découverte de l'arme... il essaya de me faire douter de LAFALAISE et n'accorda aucun crédit au témoignage de l'agent patrouilleur qui avait vu de la lumière dans l'appartement de SALOME.
Les aventures fantastiques DU BARON Munchhausen
HANS ALBERS
Remorques
Un film de JEAN GREMILLON
BLAVETTE. LEDOUX. JEAN MARCHAT

Et voilà !... le commissaire BERNIER, flic foireux s'il en est... FAROUX me demanda si le BERNIER dont je lui parlais était celui qu'il avait connu dans le temps. Il me raconta qu'il avait été déplacé à cause de certaines histoires louches et ne s'était maintenu en place que grâce à ses relations politiques. BERNIER était venu en zone occupée pour toucher sa part du butin.
Les deux oiseaux avaient prévu de rentrer à Lyon dès le lendemain ; ils avaient prévu aussi de passer la nuit chez moi, à cause du couvre-feu et de partir à la première heure.
... ce qui explique qu'ils se baladaient avec les perles dans leurs poches.
?
A 11H, samedi 20 décembre 1941, j'arrivai à la clinique du docteur Hubert DORCIÈRES...
MONTBRISON nous apprit qu'il avait connu Jo, plusieurs années auparavant, alors qu'il était le secrétaire de son défenseur. Je savais déjà tout ça depuis mes recherches à la BN.
D' DORCIÈRES
esthétique
C'est moi, connard !
... j'y avais donné rendez-vous à Hélène qui m'attendait dans la chambre d'Hélène.
Melle PARRY est tirée d'affaire ! Nous l'avons sauvée, elle vivra. Elle se rétablit déjà...
Tant mieux !... tant mieux ! Elle va pouvoir nous raconter clairement sa version des faits.
Encore !
Quand j'ai vu cette grosse salope de MONTBRISON tirer sur COLOMER j'ai sorti mon pistolet pour le venger et puis aussi parce que j'avais peur que l'avocat me prenne pour deuxième cible ! J'ai réussi à quitter la gare par une porte où il n'y avait pas encore de barrage de flics. Chez moi, j'ai trouvé le testament de mon père et j'ai tout de suite compris qu'il s'agissait du pavillon de Châtillon, dont Bob vous avait crié l'adresse. Je ne comprends toujours pas comment il a pu deviner ça... Ensuite, j'ai franchi la ligne en fraude. Depuis mon retour à Paris, j'ai passé toutes mes nuits rue de la Gare, à la recherche de mon héritage.
Jeudi soir j'ai vu que la porte avait été forcée et que la maison avait été visitée dans la journée. Je me suis cachée et j'ai vu arriver MONTBRISON et son larbin à la nuit tombée... Vous connaissez la suite... Et puis vous m'emmerdez, M. BURMA !... Vous avez tout du flic !!

J'imagine que vous n'aviez pas donné votre véritable identité à COLOMER... d'après vous, comment a-t-il compris que vous étiez la fille de JO TOUR EIFFEL ?
Un jour il a vu une photo de mon père chez moi... et puis un autre jour, j'ai commis une gaffe.
AH?
Contrairement à ce qu'indiquent mes faux papiers, je ne suis pas née le 18 juin 1921, mais le 10 octobre 1921. Le 10 octobre dernier, Bob m'a offert des fleurs. Je l'ai remercié d'avoir pensé à mon anniversaire. Je me suis reprise et ai inventé une histoire à dormir debout. IL m'avait sans doute tendu un piège. Bob avait tous ces articles de journaux au sujet de mon père... certains y mentionnaient mon existence et donnaient ma date de naissance.
Cette histoire va me faire de la publicité... je vais pouvoir rouvrir l'Agence. Hélène, combien croyez-vous qu'il y ait de morts dans cette affaire ?
Deux !... ce pauvre Bob et BONNET, le larbin de MONTBRISON... Ah !... il y a aussi JALOME. Je crois que c'est tout. ... ça fait trois !
?
Vous oubliez le principal cadavre... Georges PARRY dit JO TOUR EIFFEL - LA GLOBULE matricule 60202 !
C'est le bon docteur DORCIÈRES qui lui fait une piqûre... mortelle, au stalag. IL m'a tout avoué cette nuit. IL avait refait une nouvelle gueule à PARRY pour le fric... l'opération réussit... et que fait PARRY pour marquer sa gratitude au toubib ?... IL lui souffle sa maîtresse. Evidemment, DORCIÈRES ne peut rien faire pour se venger... Et voilà notre joyeux chirurgien qui tombe sur PARRY, au stalag... PARRY - LA GLOBULE... amnésique, totalement à la merci de DORCIÈRES, l'occasion est trop belle ! Au stalag XB il y a aussi BURMA ! DORCIÈRES m'éloignera du lazaret... et voilà ! Quand nous arrivons à la clinique, FAROUX et moi, avec la fille de Jo blessée, DORCIÈRES nous reçoit l'arme au poing, il croit qu'on vient l'arrêter.
Mais alors, patron, il faut...

IL faut... il faut...
Patron, j'ai une question à vous poser...? est-ce que je peux?
Bien sûr, ma petite Hélène, bien sûr... vous savez que Nestor BURMA est toujours là pour repondre à vos questions. Allez-y, que voulez-vous savoir?
Ça fait un sacré bout de temps que ça me turlupine... Qu'est-ce que ça veut dire FIAT LUX?
BEURRE ŒUFS FROMAGES
67 FOURRURES
Lw.Lazarett Paris
Abt. MEUDON
GL/Paris
Heeres-Abnahmeinspizient
Frankreich
GROS
DETAIL
67
ABRI
FIN
TARDI LEO MALET
TARDI

Imprimé en Belgique par Casterman, s.a., Tournai.
Dépôt légal : janvier 1988. D. 1988/0053/33